365天常用的

日語文法

西村惠子／山田玲奈
◎合著

135個

夠厲害！一週打好日語文法基礎

★ 逗趣插畫，可愛無法擋，一讀就上癮！漫畫式講解＋要點整理，一眼就記住！

★ 類似文法比一比，一看就懂！文法表格化整理，一頁連陣！

★ 聽「日籍老師錄音的MP3」，同時用眼睛、耳朵來刺激左右腦學習，保證讓您終身難忘喔！

gram

山田社
Shan Tian She

前言

蝦米？！
「看漫畫一週就能學會初級文法？」
歹勢！是真的！

《365天常用的日語文法135個》精選日本人天天都會用的文法135個，針對中文環境的日語學習者設計，讓您不用出門，在家練功就可成為日語達人！

特色：

◎ 1. 逗趣插畫，可愛無法擋，一讀就上癮！

◎ 2. 漫畫式講解＋要點整理，一眼就記住！

◎ 3. 類似文法比一比，一看就懂！

◎ 4. 文法表格化整理，一頁連陣！

◎ 5. 練習題馬上檢驗，學習效果超強！

◎ 6. 朗讀MP3＋書本，邊聽邊學超效率！

另外，只要短短10秒間，看了書中的「重點説明」文法小故事，並瞭解日語的「語順」，就能徹底掌握日語文法。再加上記住這135個句子，看過135張圖，短短1週，就能奇蹟式地完全吃透初級日語文法。

目　録

目　錄

目　録

目　録

助詞

① が（主語）

描寫眼睛看得到的、耳朵聽得到的事情。「が」前面是主語。

（1）雪が　降って　います。
下著雪。

（2）犬が　走って　います。
小狗在跑。

（3）田中さんが　来ました。
田中小姐來了。

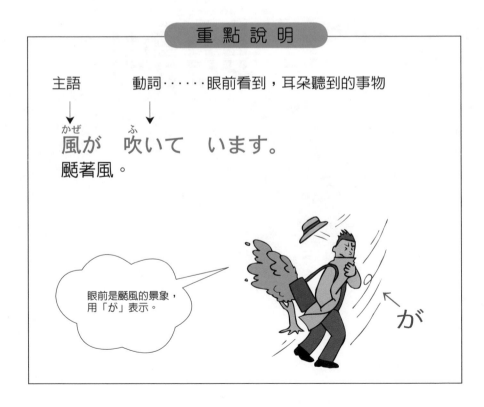

重 點 說 明

主語　　　　動詞‥‥‥眼前看到，耳朵聽到的事物

風が　吹いて　います。
颳著風。

眼前是颱風的景象，
用「が」表示。

が

② が（對象）

「が」前接對象，表示好惡、需要及想要得到的對象，還有能夠做的事情、明白瞭解的事物，以及擁有的物品。

（1）先生は　英語が　上手です。
老師的英語很棒。

（2）兄は　車が　ほしいです。
哥哥想要車子。

（3）田中さんは　車が　あります。
田中小姐有車。

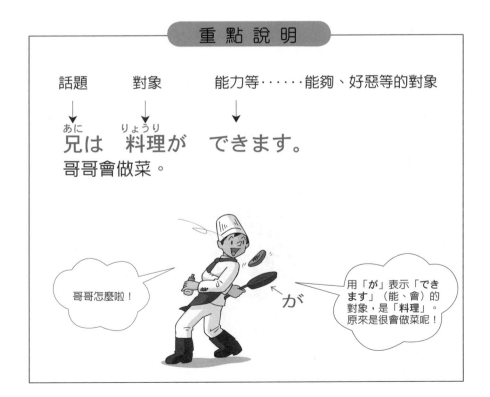

重 點 說 明

話題　　　對象　　　　能力等‥‥‥能夠、好惡等的對象

兄は　料理が　できます。
哥哥會做菜。

哥哥怎麼啦！

用「が」表示「できます」（能、會）的對象，是「料理」。原來是很會做菜呢！

が

❸ 〔疑問詞〕＋が

「が」也可以當作疑問詞的主語。

（1）どこが　痛いですか。
哪裡痛呢？

（2）だれが　好きですか？
喜歡誰呢？

（3）どちらが　山本さんですか？
哪一位是山本先生？

重　點　說　明

疑問句（主語）　　說明……疑問句主語
↓　　　　　　　　↓
誰が　一番速いですか。
誰最快呢？

兄妹兩人比賽誰擦地板的速度最快？

在還不知道是「誰」（誰）的情況下，用「が」來表示疑問詞的主語。

が

④ が（逆接）

表示連接兩個對立的事物，前句跟後句內容是相對立的。可譯作「但是」。

（1）林<ruby>はやし</ruby>さんは　いますが、鈴木<ruby>すずき</ruby>さんは　いません。
　　　林先生在，但是鈴木小姐不在。

（2）ジュースは　好<ruby>す</ruby>きですが、ビールは　嫌<ruby>きら</ruby>いです。
　　　我喜歡果汁，但是不喜歡啤酒。

（3）中<ruby>なか</ruby>は　暖<ruby>あたた</ruby>かいですが、外<ruby>そと</ruby>は　寒<ruby>さむ</ruby>いです。
　　　裡面雖然很暖和，但是外面很冷。

重 點 說 明

連接兩個對立的事物

前句　　　　　　　　　　後句⋯⋯⋯逆接

午前<ruby>ごぜん</ruby>は　晴<ruby>は</ruby>れですが、午後<ruby>ごご</ruby>は　雨<ruby>あめ</ruby>です。

上午是晴天，但下午卻下雨。

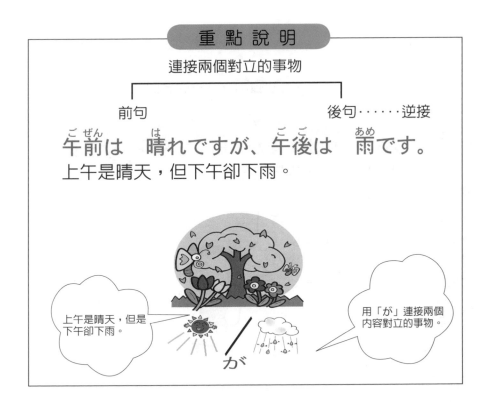

上午是晴天，但是下午卻下雨。

用「が」連接兩個內容對立的事物。

が

⑤ が（前置詞）

在向對方詢問、請求、命令之前，作為一種開場白使用。

（1）すみませんが…。
對不起…。

（2）ちょっと 失礼ですが…。
抱歉，打擾一下…。

（3）それは 知りませんが…。
我不太了解…。

重 點 說 明

前置詞‥‥‥開場白

もしもし、中山ですが、田中さんは いますか。
喂！我是中山，田中先生在嗎？

もしもし、
中山ですが

在詢問對方前先說
出自己的名字。

接「が」表示一
種開場白。

⑥ 〔目的語〕＋を

「を」用在他動詞（人為而施加變化的動詞）的前面，表示動作的目的或對象。「を」前面的名詞，是動作所涉及的對象。

（1）新聞_{しんぶん}を 読_よみます。
閱讀報紙。

（2）映画_{えいが}を 見_みますか？
看電影嗎

（3）朝_{あさ}ご飯_{はん}を 食_たべました。
吃了早餐。

重 點 說 明

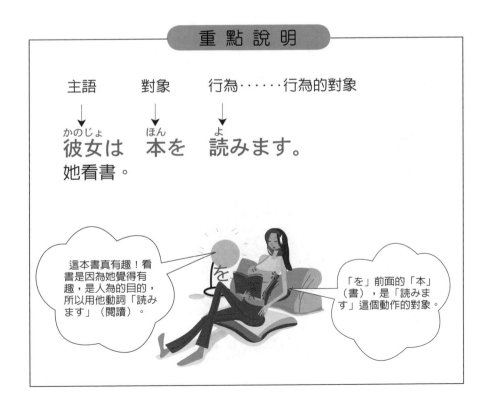

主語 　　 對象 　　 行為……行為的對象

彼女_{かのじょ}は　本_{ほん}を　読_よみます。
她看書。

這本書真有趣！看書是因為她覺得有趣，是人為的目的，所以用他動詞「読みます」（閱讀）。

「を」前面的「本」（書），是「読みます」這個動作的對象。

⑦〔通過、移動〕＋を＋自動詞

表示經過或移動的場所用助詞「を」，而且「を」後面要接自動詞。
自動詞有表示通過場所的「渡る（越過）、曲がる（轉彎）」。還有
表示移動的「歩く（走）、走る（跑）、飛ぶ（飛）」。

を→表示經過的場所。
「公園を　散歩します。」
「を」有通過後的軌跡的印
象。

（1）道を　歩きます。
　　走路。

（2）飛行機は　空を　飛びます。
　　飛機在天上飛。

で→表示所有的動作都在那一場
所做。「公園で　休みます」
（在公園休息）。

（3）学校の　前を　通ります。
　　經過學校前面。

重 點 說 明

通過、移動場所　　行為（自動詞）……經過或移動的場所
　　　↓　　　　　　　　↓
　　道を　　　　　　歩きます。
　　走路。

「歩きます」
（走…）這個動
詞是自動詞喔！

經過的地方是道
路，用「を」表
示。

を

14

8 〔離開點〕＋を

動作離開的場所用「を」。例如，從家裡出來或從車、船、馬及飛機等交通工具下來。

(1) バスを 降（お）ります。
下公車。

(2) 家（いえ）を 出（で）ます。
出門。

(3) 二時（にじ）に 会社（かいしゃ）を 出（で）ます。
兩點離開公司。

重 點 說 明

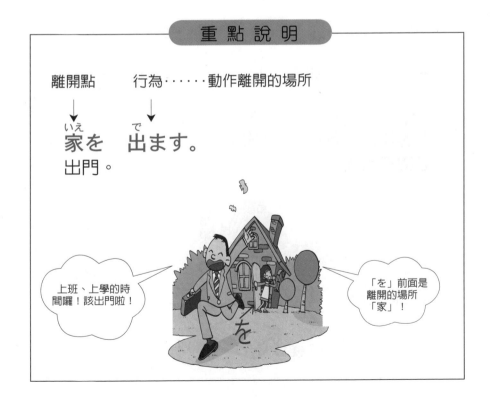

離開點　　行為‥‥‥動作離開的場所

家（いえ）を 出（で）ます。
出門。

上班、上學的時間囉！該出門啦！

「を」前面是離開的場所「家」！

⑨ 〔場所〕＋に

「に」表示存在的場所。表示存在的動詞有「います・あります」（有、在），「います」用在自己可以動的有生命物體的人，或動物的名詞；其他，自己無法動的無生命物體名詞用「あります」。

（1）庭に 猫が います。
にわ ねこ
庭院有貓。

（2）机の 上に 本が あります。
つくえ うえ ほん
桌上有書。

（3）田中さんは 前に います。
た なか まえ
田中小姐在前面。

重 點 說 明

場所　　有生命物　　　行為‥‥‥某人或物存在的場所

公園に 猫が います。
こうえん ねこ
公園裡有貓。

「に」前面表示物體存在的場所「公園」（公園）。

用「が」表示存在的物體。存在的是有生命物體的「猫」（貓）所以用「います」。

❿ 〔到達點〕＋に

表示動作移動的到達點。

比較：

に→動作的到達點。

(1) 電車に 乗ります。
   搭乗電車。

(2) 家に 帰ります。
   回家。

(3) お金を 財布に 入れます。
   把錢放進錢包。

を→動作的起點、離開點。

重 點 說 明

到達點　　　　　行為‥‥‥動作的到達點
　↓　　　　　　　　↓
電車に 乗ります。
坐電車。

這位上班族要乘坐什麼呢？

原來要乘坐的是「電車」（電車）。乘坐電車這個動作的到達點用「に」

17

⑪〔時間〕＋に

幾點啦！星期幾啦！幾月幾號做什麼事啦！表示動作、作用的時間就用「に」。

（1）8時に　起きます。
八點起床。

（2）12月に　結婚します。
12月結婚。

（3）図書館は　月曜日に　休みです。
圖書館星期一休館。

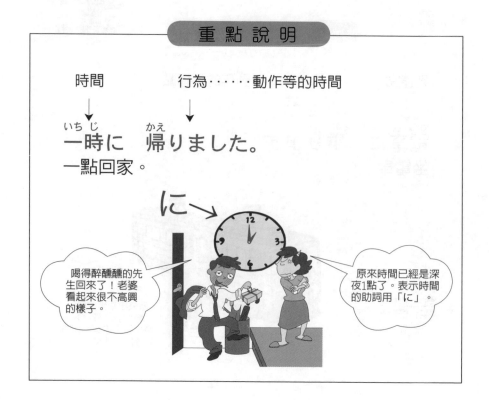

重點說明

時間　　　　　行為‥‥‥動作等的時間

一時に　帰りました。
一點回家。

に

喝得醉醺醺的先生回來了！老婆看起來很不高興的樣子。

原來時間已經是深夜1點了。表示時間的助詞用「に」。

⑫〔目的〕＋に

表示動作、作用的目的、目標。可譯作「去…」、「到…」。

（1）旅行に　行きます。
りょこう　　　い
　　去旅遊。

（2）遊びに　来ました。
あそ　　　き
　　來拜訪您了。

（3）映画を　見に　行きます。
えいが　　　み　　い
　　去看電影。

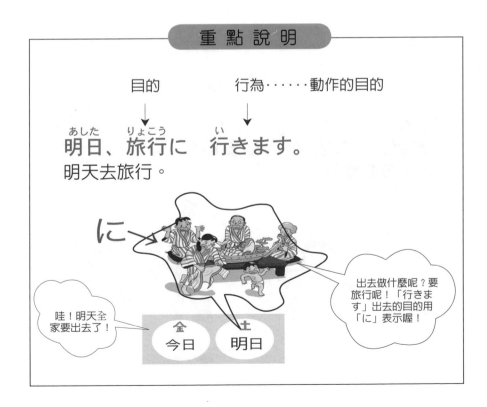

重　點　說　明

目的　　　　　行為……動作的目的

明日、旅行に　行きます。
あした　りょこう　　い
明天去旅行。

に

出去做什麼呢？要旅行呢！「行きます」出去的目的用「に」表示喔！

哇！明天全家要出去了！

金　　　土
今日　　明日

19

⓭〔對象（人）〕＋に

表示動作、作用的對象。可譯作「給…」、「跟…」。

（1）友達に　電話を　しました。
ともだち　　でんわ
打了電話給朋友。

（2）学校で　先生に　会いました。
がっこう　せんせい　あ
在學校碰見了老師。

（3）それを　誰に　聞きましたか。
だれ　　き
那是從哪裡聽來的。

重 點 說 明

人　　　　事物　　　　行為……動作的對象
↓　　　　↓　　　　　　　↓
友達に　電話を　しました。
ともだち　でんわ
跟朋友打電話。

花子又在打電話了。

に→

打給誰呢？打電話這個動作的對象用「に」表示。原來是「友達」（朋友）。

20

⑭ 〔時間〕＋に＋〔次數〕

表示某一範圍內的數量或次數。

（1）一日に　三回、ご飯を　食べます。
いちにち　さんかい　はん　た
一天吃三餐。

（2）一年に　一度、旅行を　します。
いちねん　いちど　りょこう
一年旅遊一次。

（3）一日に　一回、薬を　飲みます。
いちにち　いっかい　くすり　の
一天吃一次藥。

重 點 說 明

時間　　　次數　　　行為‥‥‥某範圍內的次數

一週間に　一回、泳ぎます。
いっしゅうかん　いっかい　およ

一星期游一次泳。

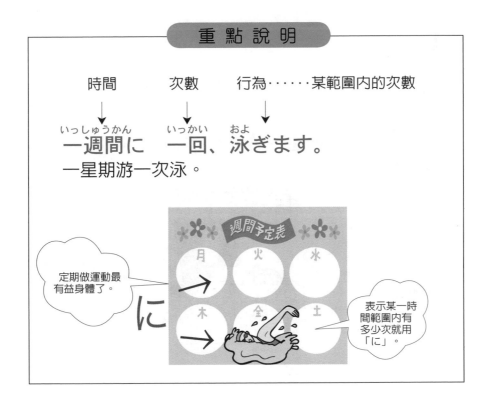

定期做運動最有益身體了。

表示某一時間範圍內有多少次就用「に」。

⑮ 〔場所〕＋で

表示動作進行的場所。可譯作「在…」。

(1) 図書館で　勉強します。
とshokan　べんきょう
在圖書館唸書。

(2) 八百屋で　果物を　買いました。
やおや　くだもの　か
在蔬果店買了水果。

(3) 台所で　料理を　作ります。
だいどころ　りょうり　つく
在廚房做料理。

重 點 說 明

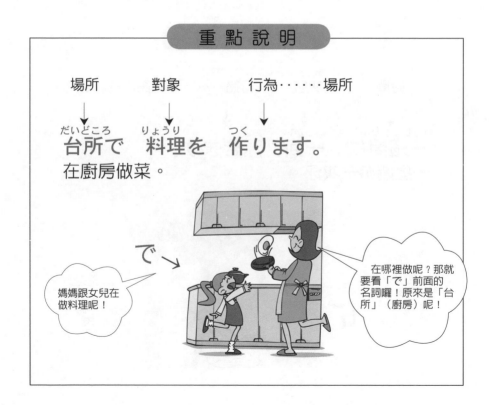

場所	對象	行為‧‧‧‧‧場所
↓	↓	↓

台所で　料理を　作ります。
だいどころ　りょうり　つく
在廚房做菜。

媽媽跟女兒在做料理呢！

在哪裡做呢？那就要看「で」前面的名詞囉！原來是「台所」（廚房）呢！

⑯ 〔方法、手段〕＋で

表示用的交通工具，可譯作「乘坐」動作的方法、手段，可譯作「用…」。

（1）日本語で　書いて　ください。
請用日文書寫。

（2）学校まで　電車で　行きます。
搭乘電車去學校。

（3）コップで　水を　飲む。
用杯子喝水。

重 點 說 明

道具等　　　　　　行為‧‧‧‧‧‧使用的道具、手段

石鹸で　洗いました。
用肥皂洗。

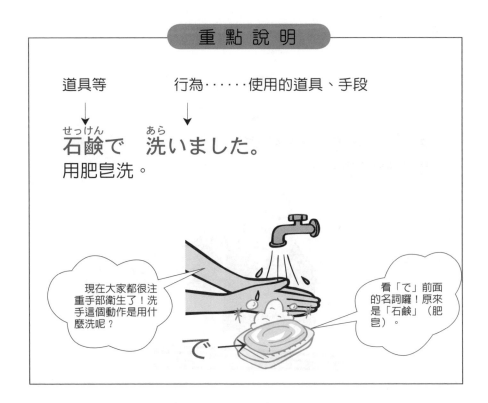

現在大家都很注重手部衛生了！洗手這個動作是用什麼洗呢？

看「で」前面的名詞囉！原來是「石鹸」（肥皂）。

で

⑰〔材料〕＋で

製作什麼東西時，用來表示使用的材料。可譯作「用…」。

（1）木で　家を　作りました。
用木材蓋了房子。

（2）紙で　飛行機を　作りました。
用紙做了飛機。

（3）肉と　野菜で　料理を　作りました。
用肉跟蔬菜做菜。

重 點 說 明

材料　　成品　　　行為‥‥‥使用的材料
↓　　　↓　　　　　↓
木で　箸を　作りました。
用木材做筷子。

⑱〔理由〕＋で

為什麼會這樣呢？怎麼會這樣做呢？表示原因、理由。可譯作「因為…」。

（1）練習で 疲れました。
因為練習而疲憊。

（2）雪で 電車が 止まりました。
因為下雪電車停開了。

（3）昨日は 風邪で 寝て いました。
昨天因為感冒在家睡覺。

重 點 說 明

原因　　　　　　　結果‥‥‥理由

練習で 疲れました。
因為練習所以很累。

唉啊！怎麼腰酸背痛感到疲倦呢？

で

看看表示原因的「で」前面，原來是為了體能更好而「練習」（練習）的關係。

⓳ 〔數量〕＋で＋〔數量〕

表示數量、數量的總和。

（1）七個で　500円です。
七個五百日圓。

（2）五つで　一セットです。
五個一組。

（3）五つで　千円です。
五個一千日圓。

重點說明

数量　　　　数量（総和）‥‥‥數量的總和
↓　　　　　↓
三つで　200グラムです。
三個共200公克。

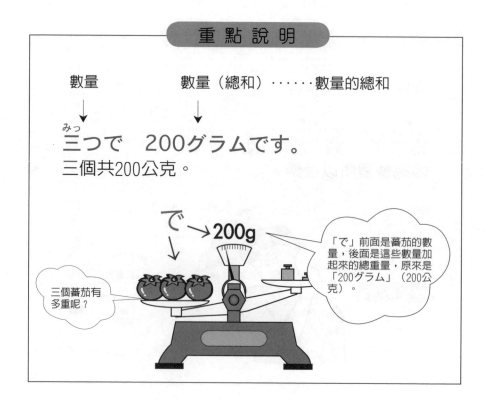

で→200g

三個蕃茄有多重呢？

「で」前面是蕃茄的數量，後面是這些數量加起來的總重量，原來是「200グラム」（200公克）。

⑳〔場所、方向〕へ

前接跟地方有關的名詞，表示動作、行為的方向。同時也指行為的目的地。可譯作「往…」。

比較：

へ→強調動作的方向

（1）叔母の 家へ 行きます。
到姨媽家去。

（2）9時に 会社へ 行きます。
九點去公司上班。

（3）いっしょに 教室へ 行きました。
一起去了教室。

に→強調到達的場所

重 點 說 明

目的地　　　行為‥‥‥動作行為的方向
　↓　　　　　↓
叔母の 家へ 行きます。
去姨媽家。

「行きます」（去）這個動作的目的地在哪裡呢？

看「へ」的前面，原來是「叔母の家」（姨媽家）。

㉑〔場所〕へ〔目的〕に

表示移動的場所用助詞「へ」，表示移動的目的用助詞「に」。
「に」的前面要用動詞「ます」形，再把「ます」拿掉，例如「買い
ます」，就變成「買い」。

(1) 弟が　日本へ　遊びに　来ました。
弟弟來日本玩。

(2) どこへ　旅行に　行きますか。
去哪裡旅行呢

(3) デパートへ　買い物に　行きます。
去百貨公司買東西。

重 點 說 明

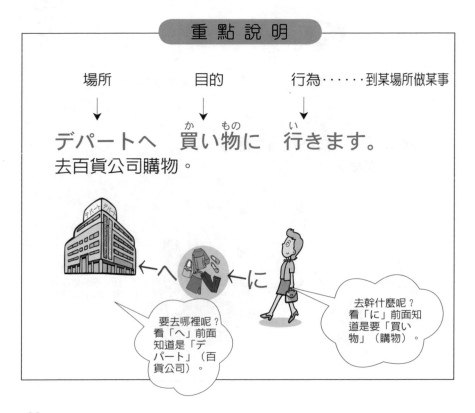

場所　　　　　目的　　　　　行為‧‧‧‧‧到某場所做某事
↓　　　　　　↓　　　　　　↓

デパートへ　買い物に　行きます。
去百貨公司購物。

←へ　←に

要去哪裡呢？
看「へ」前面
知道是「デ
パート」（百
貨公司）。

去幹什麼呢？
看「に」前面知
道是要「買い
物」（購物）。

㉒ 〔名詞〕＋と＋〔名詞〕

表示幾個事物的並列。想要敘述的主要東西，全部都明確地列舉出來。可譯作「…和…」、「…與…」。「と」大都與名詞相接。

(1) 魚と 肉を 買いました。
買了魚跟肉。

(2) パンと 卵を 食べました。
吃了麵包跟蛋。

(3) 金曜日と 土曜日は 忙しいです。
星期五和星期六都很忙。

㉓ 〔對象〕と（いっしょに）

表示一起去做某事的對象。「と」前面是一起動作的人。可譯作「跟
…一起」。也可以省略「いっしょに」。

（1）山田さんと　昼ご飯を　食べます。
　　　跟山田先生一起吃中餐。

（2）田中さんと　映画を　見ました。
　　　跟田中先生一起去看了電影。

（3）お母さんと　買い物を　しました。
　　　跟母親去買了東西。

重 點 說 明

對象　　　　　　　　　　　　　行為…一起去做某事的對象

友達と　いっしょに、お酒を　飲みました。
跟朋友一起喝了酒。

哇！喝得很過
癮呢！跟誰喝酒
去了呢？

看「といっしょ
に」前面的名詞，
原來是「友達」
呢！

と

㉔〔對象〕と

「と」前面接對象，表示跟這個對象互相進行某動作，如結婚、吵架或偶然在哪裡碰面等等。可譯作「跟…」。

(1) 町で　友達と　会います。
在鎮上跟朋友碰面。

(2) 田中さんと　結婚します。
跟田中先生結婚。

(3) 奥さんと　けんかしますか。
你會跟妻子吵架嗎

重點說明

對象　　　　　　　行為‥‥‥跟某對象互相進行某動作

田中さんと　結婚します。
跟田中先生結婚。

㉕〔引用内容〕と

「と」接在某人說的話，或寫的事物後面，表示說了什麼、寫了什麼。

（1）彼は 「わかりません。」と 言って います。
かれ　　　　　　　　　　　　　い
他說：「我不知道」。

（2）父は 「彼に よろしく。」と 言って ました。
ちち　　かれ　　　　　　　　　　い
父親說：「向他問好」。

（3）あそこに 「静かに。」と 書いて あります。
しず　　　　か
那裡寫著：「請肅靜」。

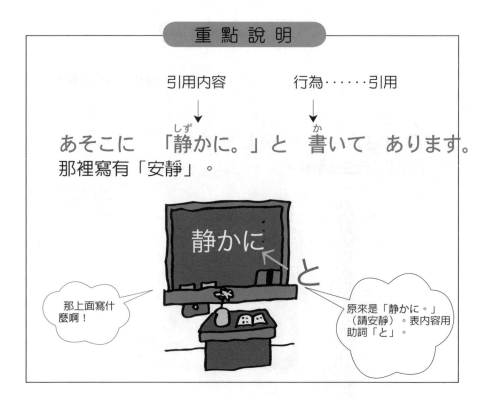

重 點 說 明

引用内容　　　　　　行為‧‧‧‧‧‧引用

あそこに 「静かに。」と 書いて あります。
しず　　　か
那裡寫有「安靜」。

那上面寫什麼啊！

原來是「静かに。」（請安靜）。表內容用助詞「と」。

32

㉖〔場所〕+から、〔場所〕+まで

表明空間的起點和終點，也就是距離的範圍。「から」前面的名詞是起點，「まで」前面的名詞是終點。可譯作「從…到…」。也表示各種動作、現象的起點及由來。可譯作「從…」、「由…」。

（1）駅から　家まで　歩きました。
　　　從車站走到了家。

（2）東京から　京都まで　２時間　かかります。
　　　從東京到京都要花兩個小時。

（3）新宿から　上野まで　電車に　乗りました。
　　　從新宿搭了電車到上野。

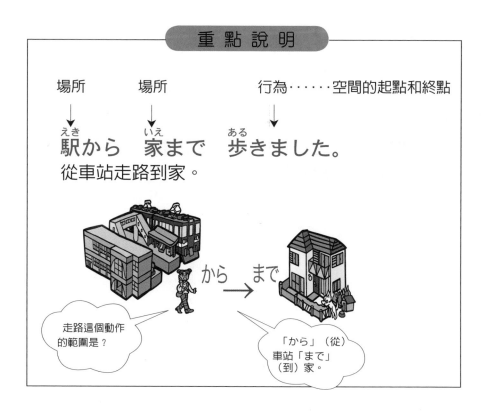

33

㉗〔時間〕＋から、〔時間〕＋まで

表示時間的起點和終點，也就是時間的範圍。「から」前面的名詞是開始的時間，「まで」前面的名詞是結束的時間。可譯作「從…到…」。

（1）7月から　8月まで　忙しいです。
　　從七月到八月都很忙。

（2）一日から　三日まで　旅行に　行きます。
　　從一號到三號要去旅行。

（3）9時から　12時まで　テストが　あります。
　　九點到十二點有考試。

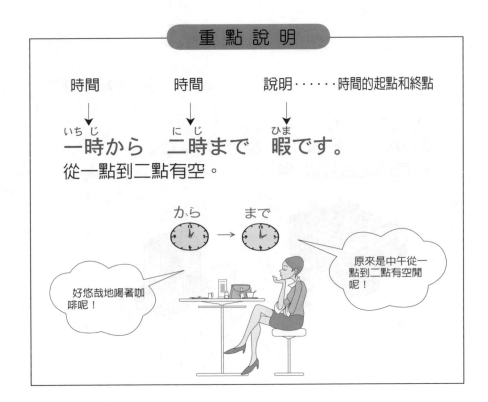

重 點 說 明

時間　　　　　時間　　　　　說明‥‥‥時間的起點和終點

一時から　二時まで　暇です。
從一點到二點有空。

から　　まで

好悠哉地喝著咖啡呢！

原來是中午從一點到二點有空閒呢！

㉘ 〔起點（人）〕から

表示從某對象借東西、從某對象聽來的消息，或從某對象得到東西等。「から」前面就是這某對象。

（1）山田さんから 辞書を 借りました。
跟山田先生借了辭典。

（2）林さんから 電話が ありましたよ。
林先生有打電話來唷！

（3）その ことは 父から 聞きました。
那件事是從父親那裡聽來的。

重 點 說 明

人　　　　　　 對象　　　　 行為‥‥‥從某對象得某物
↓　　　　　　　 ↓　　　　　　 ↓
山田さんから 辞書を 借りました。
我跟山田先生借了辭典。

から→

辭典是跟誰借的呢？

「から」的前面就是囉！原來是山田先生。

29 …から、…（原因）

表示原因、理由。一般用在說話人出於個人主觀理由，進行請求、命令、希望、主張及推測。是比較強烈的意志性表達。可譯作「因為…」。

（1）寒いから、窓を　閉めました。
因為冷，所以把窗戶關了。

（2）熱いから　気を　つけて　ください。
很燙的，請小心。

（3）暗いから、電気を　つけました。
因為很黑，所以開了燈。

重 點 說 明

原因　　　　　對象　　　　行為……原因
↓　　　　　　↓　　　　　　↓
暑いから、窓を　開けて　ください。
因為很熱，請把窗戶打開。

から

為什麼要打開窗戶呢？

因為感到很熱，這是出於個人主觀的理由。

㉚ …ので、…（原因）

表示原因、理由。前句是原因，後句是因此而發生的事。是比較委婉
的表達方式。一般用在客觀的自然的因果關係，所以也容易推測出結
果。可譯作「因為…」。

（1）疲れたので、少し　休みました。
因為疲勞，所以稍微休息了一下。

（2）仕事を　して　いるので、忙しいです。
因為在上班，所以很忙。

（3）この　カメラは　安かったので、買いました。
因為這台照相機便宜，所以買了。

重 點 說 明

原因 → 　　　　　結果‥‥‥原因 →

雨が　降って　いるので、試合は　中止します。
因為下雨，而中止比賽。

ので→

為什麼比賽要
停止呢？

原來是下雨
的關係。

㉛ …や…（並列）

表示在幾個事物中，列舉出二、三個來做為代表，其他的事物就被省略下來，沒有全部說完。可譯作「…和…」。

（1）野菜や　肉を　買いました。
買了蔬菜跟肉。

（2）机や　椅子を　並べました。
把桌子跟椅子排好了。

（3）ピザや　パンを　食べました。
吃了比薩和麵包。

重 點 說 明

事物　　　事物　　　　　行為‥‥‥列舉事物
↓　　　　↓　　　　　　↓
本や　洋服を　買いました。
買了書和衣服。

才領薪水就買了什麼？

沒有啦！才一些衣服和書…啦！

や

不想都說出來，用「や」來舉出幾個就可以了！

③② …や…など

這也是表示舉出幾項，但是沒有全部說完。這些沒有全部說完的部分用「など」（等等）來加以強調。「など」常跟「や」前後呼應使用。可譯作「和…等」。這裡雖然多加了「など」，但意思跟「…や…」基本上是一樣的。

（1）そこに　みかんや　バナナなどが　あります。
　　那裡有橘子跟香蕉…等。

（2）近くに　公園や　学校などが　あります。
　　附近有公園跟學校…等。

（3）本屋で　雑誌や　辞書などを　買いました。
　　在書店買了雜誌和辭典…等。

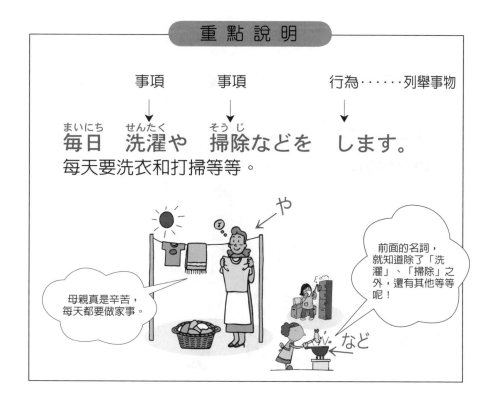

重 點 說 明

事項　　　　　事項　　　　　　行為‥‥‥列舉事物

毎日　洗濯や　掃除などを　します。
毎天要洗衣和打掃等等。

母親真是辛苦，每天都要做家事。

や

前面的名詞，就知道除了「洗濯」、「掃除」之外，還有其他等等呢！

など

㉝ 名詞＋の＋名詞

「名詞＋の＋名詞」用於修飾名詞，表示該名詞的所有者（私の本）、内容說明（歴史の本）、作成者（日本の車）、數量（１００円の本）、材料（紙のコップ）還有時間、位置等等。譯作「…的…」。

（1）これが　私の　かさです。
這是我的雨傘。

（2）旅行の　切符を　買いました。
買了旅遊的車票。

（3）日本の　車を　買いました。
買了日本製的車子。

重點說明

名詞（擁有者）　名詞（所屬物）‥‥‥事物的所有

↓　↓

これが　私の　かさです。
這是我的傘。

看「の」前面，原來是屬於「私」（我）。
の
但是說明重點還是在後面的「かさ」（雨傘）喔！
這隻雨傘是誰的？

㉞ 名詞＋の

這裡的準體助詞「の」，後面可以省略前面出現過的名詞，不需要再重複，或替代該名詞。可譯作「…的」。

（1）これは　鈴木さんのですか。
這是鈴木小姐的嗎

（2）小さい　辞書は　私のです。
小本的辭典是我的。

（3）アメリカのは　千円です。
美製的是1000日圓。

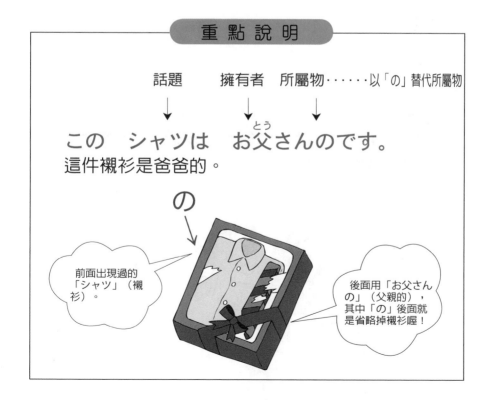

重 點 說 明

話題　　擁有者　所屬物……以「の」替代所屬物

この　シャツは　お父さんのです。
這件襯衫是爸爸的。

の

前面出現過的「シャツ」（襯衫）。

後面用「お父さんの」（父親的），其中「の」後面就是省略掉襯衫喔！

41

㉟ 名詞＋の（名詞修飾主語）

在「私が 作った 歌」這種修飾名詞（「歌」）句節裡，可以用「の」代替「が」，成為「私が 作った 歌」。那是因為這種修飾名詞的句節中的「の」，跟「私の 歌」中的「の」有著類似的性質。

（1）雨の 降る 日が 嫌いです。
我不喜歡下雨天。

（2）私の 作った 歌を 聞いて ください。
聽聽我作的歌。

（3）妹の 作った ケーキです。
妹妹做的蛋糕。

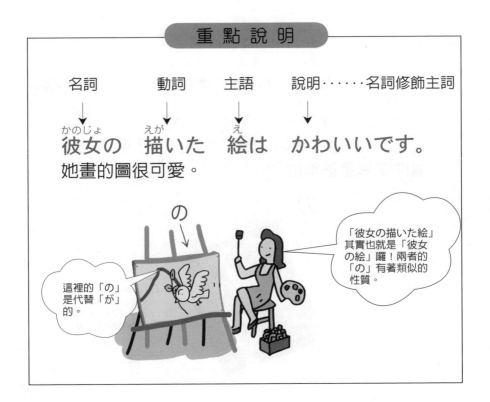

重點說明

名詞　　動詞　　主語　　說明‥‥‥名詞修飾主詞

彼女の 描いた 絵は かわいいです。
她畫的圖很可愛。

這裡的「の」是代替「が」的。

「彼女の描いた絵」其實也就是「彼女の絵」囉！兩者的「の」有著類似的性質。

㊱ …は…です（主題）

助詞「は」表示主題。所謂主題就是後面要敘述的對象，或判斷的對象。而這個敘述的內容或判斷的對象，只限於「は」所提示的範圍。用在句尾的「です」表示對主題的斷定或是說明。

（1）これは　鉛筆（えんぴつ）です。
這是鉛筆。

（2）テストは　来週（らいしゅう）です。
下星期考試。

（3）私（わたし）は　山田商事（やまだしょうじ）の　田中（たなか）です。
我是山田商事的田中。

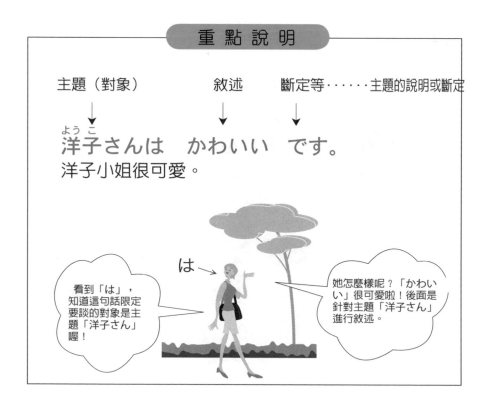

重點說明

主題（對象）　↓　敘述　↓　斷定等……主題的說明或斷定　↓

洋子（ようこ）さんは　かわいい　です。
洋子小姐很可愛。

は
看到「は」，知道這句話限定要談的對象是主題「洋子さん」喔！
她怎麼樣呢？「かわいい」很可愛啦！後面是針對主題「洋子さん」進行敘述。

③⑦ …は…ません（否定）

後面接否定「ません」，表示「は」前面的名詞或代名詞是動作、行為否定的主體。

（1）彼は　学生では　ありません。
かれ　　がくせい
　　　他不是學生。

（2）片仮名は　わかりません。
かたかな
　　　不會片假名。

（3）飲み物は　いりません。
の　もの
　　　不需要飲料。

重　點　說　明

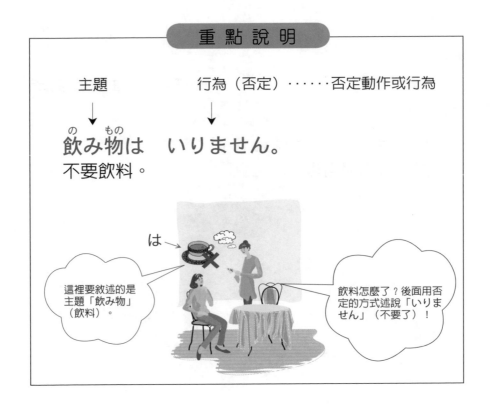

主題　　　　　　行為（否定）‥‥‥否定動作或行為

飲み物は　いりません。
の　もの
不要飲料。

は

這裡要敘述的是主題「飲み物」（飲料）。

飲料怎麼了？後面用否定的方式述說「いりません」（不要了）！

38 …は…が、…は…（對比）

「は」除了提示主題以外，也可以用來區別、比較兩個對立的事物，也就是對照地提示兩種事物。可譯作「但是…」。

（1）ペンは　ありますが、鉛筆は　ありません。
有筆，但是沒有鉛筆。

（2）兄は　行きますが、私は　行きません。
哥哥會去，但是我不會去。

（3）テニスは　好きですが、ゴルフは　きらいです。
喜歡網球，但是不喜歡高爾夫球。

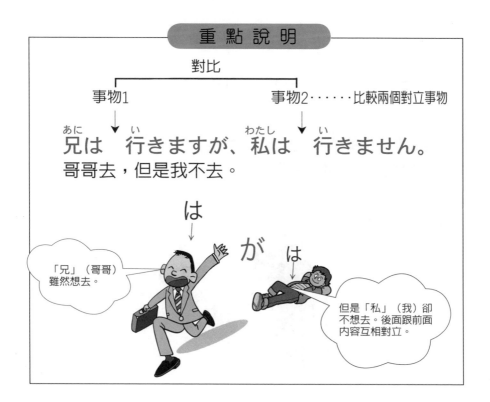

重　點　說　明

對比

事物1　　　　　　　　　　　事物2……比較兩個對立事物

兄は　行きますが、私は　行きません。
哥哥去，但是我不去。

は

が　は

「兄」（哥哥）雖然想去。

但是「私」（我）卻不想去。後面跟前面內容互相對立。

㉟ …も…（並列）

表示同性質的東西並列或並舉。可譯作「…也…」、「都」。

（1）本も　ノートも　あります。
ほん
有書也有筆記本。

（2）肉も　野菜も　あります。
にく　　や さい
有肉也有蔬菜。

（3）本棚も　テーブルも　ほしいです。
ほんだな
書架跟書桌都想要。

40 …も… （附加、重複）

用於再累加上同一類型的事物。可譯作「也…」、「又…」。

（1）あなたも　学生ですか。
　　你也是學生嗎

（2）掃除を　しました。洗濯も　しました。
　　打掃過了。也洗衣服了。

（3）来週は　月曜日も　火曜日も　ひまです。
　　下星期的星期一跟星期二都有空。

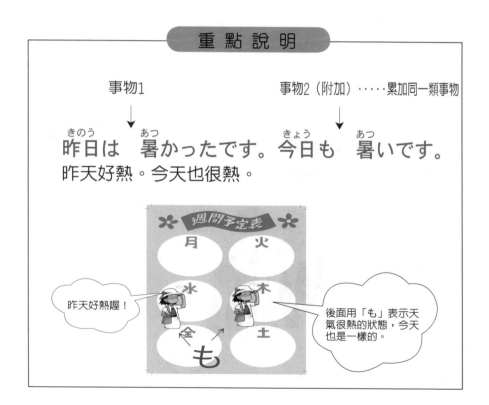

重 點 說 明

事物1　　　　　　　　事物2（附加）‥‥累加同一類事物

昨日は　暑かったです。今日も　暑いです。
昨天好熱。今天也很熱。

昨天好熱喔！

後面用「も」表示天氣很熱的狀態，今天也是一樣的。

41 …も…（數量）

「も」前面接數量詞，表示數量比一般想像的還多，有強調多的作用。含有意外的語意。可譯作：「竟」、「也」。

（1）ここまで　三時間も　かかりました。
　　　到這裡竟花了三個小時。

（2）ビールを　１０本も　飲みました。
　　　竟喝了十瓶啤酒。

（3）雨は　三日も　降って　います。
　　　雨竟下了三天。

重 點 說 明

數量（強調）　　　　　行為‥‥‥強調

ビールを　１０本も　飲みました。
他竟喝了10瓶啤酒。

一般喝啤酒大約一兩瓶。

但是看「も」前面，這位先生竟喝了「１０本」（十瓶），多得讓人覺得意外。

も

42 疑問詞＋も＋否定（完全否定）

「も」上接疑問詞，下接否定語，表示全面的否定。可譯作「也（不）…」、「都（不）…」。

（1）どれも　好きでは　ありません。
全都不喜歡。

（2）昨日、何も　買いませんでした。
昨天什麼也沒買。

（3）教室の　中に　誰も　いません。
教室裡沒有人。

重 點 說 明

疑問詞　　　動詞（否定）······完全否定
　↓　　　　　↓
花子は　どこも　いません。
到處都找不到花子。

花子怎麼啦！

「も」前面加疑問詞「どこ」（哪裡），後面又是否定「いません」（不在），就是全部否定囉！表示「到處找不到花子」。

も

㊸ には／へは／とは（とも）

格助詞「に、へ、と…」後接「は」，有強調格助詞前面的名詞的作用。

（1）彼女<ruby>彼女<rt>かのじょ</rt></ruby>には　きのう　<ruby>会<rt>あ</rt></ruby>いました。
昨天跟她見了面。

（2）<ruby>鳥<rt>とり</rt></ruby>は　この　<ruby>辺<rt>へん</rt></ruby>へは　<ruby>来<rt>き</rt></ruby>ません。
鳥是不會飛到一帶來的。

（3）<ruby>田中<rt>たなか</rt></ruby>さんとは　<ruby>結婚<rt>けっこん</rt></ruby>しません。
不跟田中先生結婚。

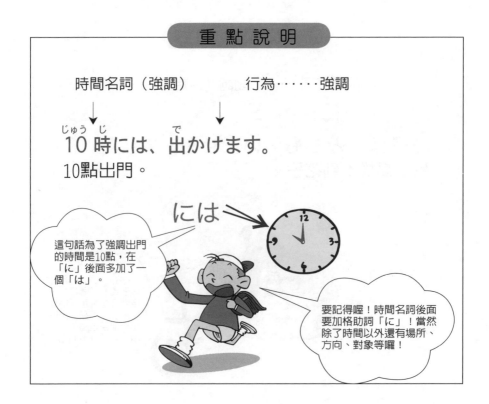

重 點 説 明

時間名詞（強調）　　　　　行為‥‥‥強調

10<ruby>時<rt>じゅうじ</rt></ruby>には、<ruby>出<rt>で</rt></ruby>かけます。
10點出門。

には

這句話為了強調出門的時間是10點，在「に」後面多加了一個「は」。

要記得喔！時間名詞後面要加格助詞「に」！當然除了時間以外還有場所、方向、對象等囉！

㊹ にも／からも／でも（では）

格助詞「に、から、で…」後接「も」，有強調格助詞前面的名詞的作用。

（1）この 問題は 私にも 難しいです。
這問題對我而言也是太難了。

（2）みんなにも 写真を 見せました。
我也將相片給大家看了。

（3）あの 店でも 売って います。
那家店也有賣。

重 點 說 明

名詞（←強調）　　　行為‥‥‥強調
↓　　　　　　　　　↓
図書館にも 借りました。
也跟圖書館借了。

再複習一次喔！表示場所用格助詞「に」。

後面加「も」，表示除了跟其他的地方借書，也跟圖書館借書呢！

にも

㊺ 〔時間〕＋ぐらい／くらい

表示時間上的推測、估計。一般用在無法預估正確的時間，或是時間不明確的時候。也可以用「**くらい**」。可譯作「大約」、「左右」、「上下」。

(1) 二分ぐらい 待って ください。
請等兩分鐘左右。

(2) 一日 七時間ぐらい 働きます。
一天約工作七小時左右。

(3) 三週間ぐらい、旅行を しました。
去旅行了大約三個星期。

重 點 說 明

時間（←─推測）　　　　行為‥‥推測、估計

100メートルを 十秒ぐらいで 走りました。
100公尺跑10秒左右。

ぐらい→

100公尺要跑多久呢？

每一次的跑時間都不一樣吧！一般很難預估正確的時間就用「ぐらい」。

46 〔數量〕＋ぐらい／くらい

表示數量上的推測、估計。一般用在無法預估正確的數量，或是數量不明確的時候。也可以用「くらい」。可譯作「大約」、「左右」、「上下」。

（1）みかんを 三つぐらい 食べました。
大約吃了三個橘子。

（2）鳥が 六羽ぐらい います。
大約有六隻鳥。

（3）スプーンが 十本ぐらい あります。
大約有十支湯匙。

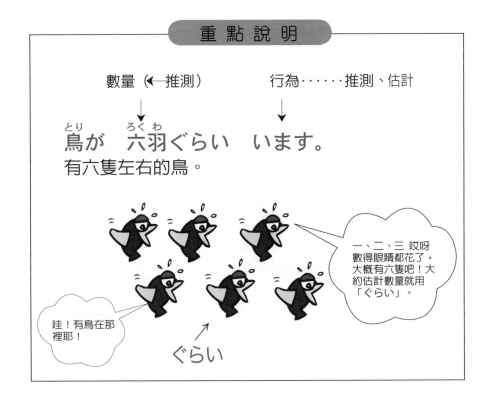

重 點 說 明

數量（←推測）　　　　　行為‥‥‥推測、估計
↓　　　　　　　　　　　↓
鳥が 六羽ぐらい います。
有六隻左右的鳥。

一、二、三 哎呀數得眼睛都花了，大概有六隻吧！大約估計數量就用「ぐらい」。

哇！有鳥在那裡耶！

ぐらい

47 だけ＋〔肯定〕

下接肯定表示只限於某範圍，除此以外沒有別的了。可譯作「只」、「僅僅」。

（1）ノートは　一冊だけ　買いました。
一冊（いっさつ）　買（か）
只買了一本筆記本。

（2）りんごが　八個だけ　あります。
八個（はっこ）
只有八個蘋果。

（3）この　店は　夏だけ　開きます。
店（みせ）　夏（なつ）　開（あ）
這家店只有夏天才開。

重 點 說 明

主語　　　　事物（←限定）　　行為‥‥限定範圍
↓　　　　　　↓　　　　　　　↓
一年生の　ときは　日本語だけ　勉強しました。
一年生（いちねんせい）　日本語（にほんご）　勉強（べんきょう）
一年級的時候只學了日語。

だけ

為了到日本留學，然後在日商公司上班。

所以一年級時就集中精神只學「日本語」（日語）。

48 しか＋〔否定〕

下接否定，表示限定。一般帶有因不足而感到可惜、後悔或困擾的心情。可譯作「只」、「僅僅」。

（1）学生は　3人しか　来ませんでした。
　　只來了三位學生。

（2）今月の　雨は　一回しか　降りませんでした。
　　這個月只下了一場雨。

（3）きのうは　3時間しか　寝ませんでした。
　　昨天只睡三個小時。

重 點 說 明

主語　　事物（←限定）　行為（否定）‥‥限定
　↓　　　　　↓　　　　　　　↓
一年生の　ときは　日本語しか　勉強しませんでした。
一年級的時候，只學了日語。

しか

我很喜歡日語，所以一年級時就專挑日語學。

可是現在上課都上英語原文書，真傷腦筋。

49 **…か…（選擇）**

表示在幾個當中，任選其中一個。可譯作「或者…」。

（1）ビールか　お酒を　飲みますか。
要喝啤酒還是清酒

（2）片仮名か　平仮名で　書きます。
請用片假名或平假名書寫。

（3）傘か　コートを　貸して　ください。
請借我雨傘或大衣。

重 點 說 明

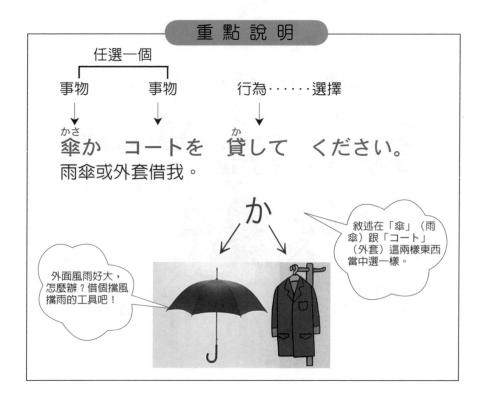

任選一個

事物　　　事物　　　　行為……選擇

↓　　　　↓　　　　　　↓

傘か　コートを　貸して　ください。
雨傘或外套借我。

か

外面風雨好大，怎麼辦？借個擋風擋雨的工具吧！

敘述在「傘」（雨傘）跟「コート」（外套）這兩樣東西當中選一樣。

㊿ …か…か…（選擇）

「か」也可以接在最後的選擇項目的後面。跟「…か…」一樣，表示在幾個當中，任選其中一個。可譯作「…或是…」。

（1）暑いか　寒いか　わかりません。
不知道是熱還是冷。

（2）男の　子か　女の　子か　知りません。
不知道是男孩還是女孩。

（3）彼は　来るか　来ないか　わかりません。
不知道他來還是不來。

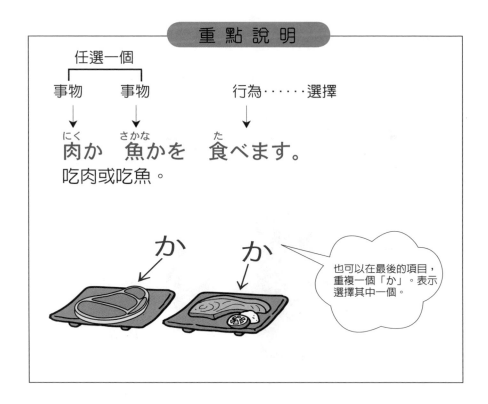

重 點 說 明

任選一個

事物　　　事物　　　　　　　行為‧‧‧‧‧‧選擇

↓　　　↓　　　　　　　　↓

肉か　魚かを　食べます。

吃肉或吃魚。

か　　か

也可以在最後的項目，重複一個「か」。表示選擇其中一個。

51 〔疑問詞〕＋か

「か」前接「なに、だれ、いつ、どこ」等疑問詞後面，表示不明確的、不肯定的，或是沒有必要說明的事物。

（1）何か　食べましたか。
有吃個什麼東西了嗎

（2）だれか　彼女の　住所を　教えて　ください。
誰來告訴我她的地址。

（3）彼女の　誕生日は　いつか　わかりません。
不知道她生日是什麼時候。

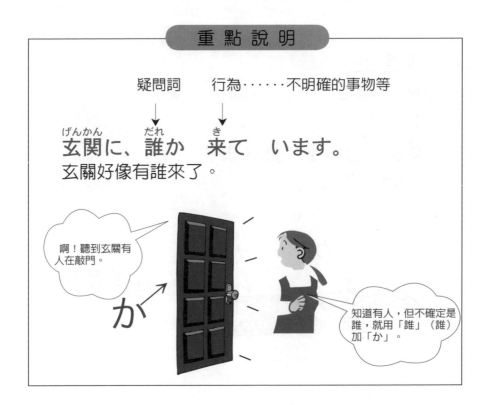

重 點 說 明

疑問詞　　行為‥‥‥不明確的事物等
　　↓　　　　　　　↓
玄関に、誰か　来て　います。
玄關好像有誰來了。

啊！聽到玄關有人在敲門。

か

知道有人，但不確定是誰，就用「誰」（誰）加「か」。

52 〔句子〕＋か

接於句末，表示問別人自己想知道的事。可譯作「嗎」、「呢」。

（1）花屋は　銀行の　右ですか。
花店是在銀行的右邊嗎？

（2）あの　人は　先生ですか。
那個人是老師嗎？

（3）学校は　遠いですか。
學校遠嗎？

重 點 說 明

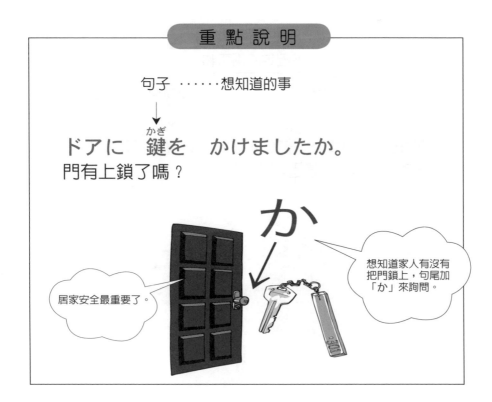

句子 ‥‥‥想知道的事
↓
ドアに　鍵を　かけましたか。
門有上鎖了嗎？

か
↓

想知道家人有沒有
把門鎖上，句尾加
「か」來詢問。

居家安全最重要了。

53 〔疑問句〕＋か。〔疑問句〕＋か。

表示從不確定的兩個事物中，選出一樣來。可譯作「是…，還是…」。

（1）花屋は　銀行の　右ですか。左ですか。
花店是在銀行的右邊還是左邊？

（2）あの　人は　先生ですか。学生ですか。
那個人是老師還是學生？

（3）学校は　遠いですか。近いですか。
學校遠還是近？

重　點　說　明

不確定的兩事物

疑問句　　　　　　　　疑問句……選出一樣

お父さんは　庭ですか。トイレですか。
爸爸在庭院？還是在廁所。

か

爸爸在院子嗎？

還是在廁所？

60

54 〔句子〕＋ね

表示輕微的感嘆，或話中帶有徵求對方認同的語氣。基本上使用在說話人認為對方也知道的事物。也表示跟對方做確認的語氣。還有讓自己思考時間的意思。

（1）彼女は　本当に　面白いですね。
她人真有趣呢！

（2）よく　見て　くださいね。
請注意看喔！

（3）意味が　わかりますね。
知道是什麼意思吧！

重 點 說 明

句子　……徵求對方認同等

↓

この　電車は　速いですね。
這輛電車開好快喔！

哇！電車開得好快！帶有感嘆。

ね

你說是不是呢？希望對方同意自己的感覺。

55 〔句子〕＋よ

請對方注意，或使對方接受自己的意見時，用來加強語氣。基本上使用在說話人認為對方不知道的事物，想引起對方注意。

（1）この 本の 方が 面白いですよ。
ほん　　ほう　　おもしろ
這本書比較有趣唷！

（2）四つで 百円ですよ。
よっ　　ひゃくえん
四個100日圓唷！

（3）もう 始まりますよ。
はじ
已經要開始了唷！

比較：

よ→對方不知道的事物，引起對方注意。

─────────

ね→對方也知道的事物，希望對方認同自己。

重 點 說 明

句子 ‥‥‥請對方注意等

↓

彼女は もう 結婚しましたよ。
かのじょ　　　　けっこん
她已經結婚了唷！

好美的女孩！

よ

人家已經結婚了。用「よ」提醒對方喔！

56 〔句子〕＋わ

表示自己的主張、決心、判斷等語氣。女性用語。在句尾可使語氣柔和。可譯作「…啊」。

（1）あっ、お金が ないわ。
　　　啊呀！沒錢呢！

（2）林さんと いっしょに 行くわ。
　　　我跟林先生一起去呢！

（3）それは 私のと 同じだわ。
　　　那個跟我的一樣呢！

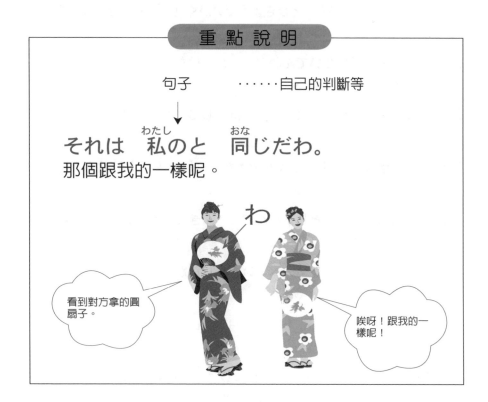

重 點 說 明

句子　　　……自己的判斷等
　　↓
それは 私のと 同じだわ。
那個跟我的一樣呢。

わ

看到對方拿的圓扇子。

哎呀！跟我的一樣呢！

だい1かい　テスト

1問題　（　　）の　ところに　なにを　いれますか。1・2・3・4
から　いちばん　いい　ものを　1つ　えらびなさい。

---

(1)あしたの　よるは　あめ（　　）　ふるでしょう。
　　　1 は　　2 が　　3 を　　4 で

(2)ふるい　きょうかしょは　いえ（　　）　ありますが、あたらしい

　　きょうかしょは　ありません。
　　　1 で　　2 を　　3 が　　4 に

(3)このまえ　せんせい（　　）　でんわして　しつもんしました。
　　　1 で　　2 に　　3 を　　4 が

(4)わたしは　2ねんかん、とうきょうだいがく（　　）べんきょうしました。
　　　1 の　　2 で　　3 に　　4 は

(5)ともだちと　けいたいでんわ（　　）　はなしました。
　　　1 を　　2 で　　3 に　　4 と

(6)すみませんが、えいご（　　）　はなして　ください。
　　　1 を　　2 で　　3 に　　4 が

(7)「すみません、これは　いくらですか。」「3つ（　　）500えんです。」
　　　1 が　　2 に　　3 は　　4 で

(8)ともだち（　　）　としょかんで　べんきょうを　しました。
　　　1 で　　2 や　　3 と　　4 を

(9)だれ（　　）　パーティーへ　いきましたか。
　　　1 は　　2 を　　3 と　　4 へ

(10)わたしは　3ねんまえ（　　）　にほんに　きました。
　　　1 で　　2 から　　3 まで　　4 に

(11)にほんごの　じゅぎょうは　なんじ（　　）ですか。
　　　1 まで　　2 を　　3 に　　4 と

(12)あした（　　）　ちこく　しないで　くださいね。
　　　　　1　に　　2　は　　3　を　　4　で

(13)きょうしつには　たなかさん（　　）　いませんでした。
　　　　　1　くらい　　2　など　　3　まで　　4　しか

(14)さいふに　５０えん（　　）　ありませんでした。
　　　　　1　くらし　　2　しか　　3　だけ　　4　まで

(15)たなかかちょうは　ちゅうごくご（　　）　できませんが、　えいごは
　　じょうずです。
　　　　　1　を　　2　は　　3　に　　4　へ

(16)テニスを　しました。　それから　ピンポン（　　）　しました。
　　　　　1　は　　2　も　　3　や　　4　に

(17)わたしは　たなかさん（　　）は　けっこんしません。
　　　　　1　に　　2　を　　3　と　　4　から

(18)このくつは　とても　ふるいですから、あたらしい　くつ（　　）ほ
　　しいです。
　　　　　1　は　　2　が　　3　に　　4　へ

(19)パーティーには　３０にん（　　）　くる　よていです。
　　　　　1　ぐらい　　2　など　　3　まで　　4　から

Ⅱ　問題　どの　こたえが　いちばん　いいですか。　1・2・3・4
から　いちばん　いいものを　一つ　えらびなさい。

(1)「たいふうですね。」「ええ、このたいふう（　　）　でんしゃが
　　とまりましたよ。」
　　　　　1　が　　2　を　　3　で　　4　に

(2)「かばんの　なかに　なにが　ありますか。」「きょうかしょ（　　）
　　えんぴつばこなどが　あります。」
　　　　　1　と　　2　や　　3　も　　4　で

(3)「きょうは　さむいですね。」「ええ、　そうです（　　）。」

　　　　1　よ　　2　ね　　3　は　　4　だ

(4)「きょうしつに　だれが　いますか。」「だれ（　　）　いません。」

　　　　1　が　　2　は　　3　も　　4　で

(5)「やまださんが　けっこんしますよ。」「ええ？　だれ（　　）　けっ

こんしますか。」

　　　　1　に　　2　を　　3　と　　4　は

Ⅲ　問題　どの　こたえが　いちばん　いいですか。1・2・3・4
から　いちばん　いい　ものを　えらびなさい。

(1)A「きのう、どこへ　いきましたか。」

　　B「（　　　　　）　いきました。」

　　　　1　がっこうを　　2　がっこうへ　　3　がっこうは　　4　がっこうが

(2)A「あたらしいしごとは、おもしろいですか。」

　　B「そうです（　　　）。　とても　おもしろいです。」

　　　　1　か　　2　よ　　3　ね　　4　が

(3)A「この　ケーキ、おいしいですね。」

　　B「そうです（　　）。ありがとうございます。はは　がつくりました。」

　　　　1　か　　2　ね　　3　よ　　4　わ

(4)A「このワンピース、どうですか。」

　　B「いろは　きれいですね。でも（　　　　　）きれいじゃ　ありませ

んね。」

　　　　1　かたちに　　2　かたちも　　3　かたちを　　4　かたちは

(5)A「田中さん、こんにちは。（　　　　　）。」

　　B「はい、げんきです。」

　　　　1　おきれいですか　　2　おげんきですか

　　　　3　いいですか　　　　4　よいですか

2

接尾詞

1 中（じゅう）／（ちゅう）

日語中有自己不能單獨使用，只能跟別的詞接在一起的詞，接在詞前的叫接頭語，接在詞尾的叫接尾語。「中（じゅう）／（ちゅう）」是接尾詞。唸「じゅう」時表示整個時間上的期間一直怎樣，或整個空間上的範圍之內。唸「ちゅう」時表示正在做什麼，或那個期間裡之意。

（1）弟は　一日中　遊んで　います。
弟弟一整天都在玩。

（2）この　仕事は　明日中に　やります。
這份工作明天之內做。

（3）作業は　六日中に　終わるでしょう。
也許六日之內完工吧！

重 點 說 明

主語　　　時間　　　行為……期間跟空間

↓　　　　　↓　　　　↓

母は　一日中　働いて　います。
母親一整天都在工作。

這句話要說的是媽媽。

早上當推銷員，晚上在餐廳打工。媽媽「一日中」（一整天）都在工作。

2 たち/がた

接尾詞「たち」接在「私」、「あなた」等人稱代名詞的後面，表示人的複數。可譯作「…們」。接尾詞「がた」也是表示人的複數的敬稱，說法更有禮貌。可譯作「…們」。

（1）子供たちが　遊んで　います。
小孩們正在玩耍。

（2）留学生たちは　ここに　住んで　います。
留學生們住在這裡。

（3）ここが　先生がたの　部屋です。
這裡是老師們的房間。

重 點 說 明

人稱代名詞　　　　　　　行為等‥‥‥人的複數

↓　　　　　　　　　　↓

毎月、部長さんがたの　パーティーが　あります。
每個月部長們都會舉辦宴會。

部長級以上的人，這裡用人的複數「がた」，說法更得體。

3 ごろ

接尾詞「ごろ」表示大概的時間。一般只接在年月日，和鐘點的詞後面。可譯作「左右」。

（1）明日、六時ごろ　出かけます。
明天六點左右出門。

（2）三月三日ごろに　遊びに　行きます。
三月三日左右去拜訪。

（3）いつごろ　月は　丸く　なりますか。
月亮什麼時候圓呢？

重 點 說 明

時間（年月日、時間）　　　　　　　行為等……大概的時間

よる　九時ごろ　友達と　飲みに　行きました。
九點左右，和朋友一起去喝兩杯。

跟朋友去喝兩杯這個動作在什麼時候呢？

「九時」後接「ごろ」表示時間是「九點前後」。

④ すぎ/まえ

接尾詞「すぎ」，接在表示時間名詞後面，表示比那時間稍後。可譯作「過…」、「…多」。接尾詞「まえ」，接在表示時間名詞後面，表示比那時間稍前。可譯作「差…」、「…前」。

（1）午後　五時前に　会社を　出ました。
　　下午五點前離開公司。

（2）今は　6時5分すぎです。
　　現在是6點過5分。

（3）三時前に　彼と　会いました。
　　三點前跟他碰了面。

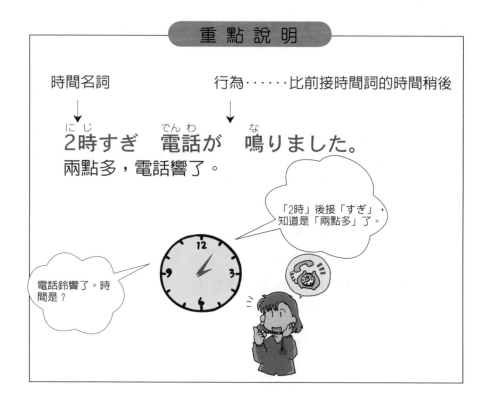

重點説明

時間名詞　　　　　　　行為……比前接時間詞的時間稍後

2時すぎ　電話が　鳴りました。
兩點多，電話響了。

「2時」後接「すぎ」，知道是「兩點多」了。

電話鈴響了。時間是？

71

だい２かい　テスト

Ⅰ　問題　（　　）の　ところに　なにを　いれますか。1・2・3・4から　いちばん　いい　ものを　1つえらびなさい。

---

(1) きのうは　一にち（　　）　あめが　ふりました。

_____ 1 まで　　2 じゅう　　3 くらい　　4 へ

(2) さいきん　3じ（　　）に　いつも　おおあめが　ふります。

_____ 1 ごろ　　3 まで　　3 より　　4 に

(3) ひとばん（　　）べんきょうして　います。

_____ 1 ごろ　　2 まで　　3 じゅう　　4 ちゅう

(4) さとうさん（　　）も　パーティーに　きました。

_____ 1 から　　2 たち　　3 ほど　　4 くらい

(5) いつも　なんじ（　　）　ばんごはんを　たべますか。

_____ 1 ぐらい　　2 ごろ　　3 へ　　4 で

Ⅱ　問題　どの　こたえが　いちばん　いいですか。　1・2・3・4から　いちばん　いいものを　一つ　えらびなさい。

---

(1) いえ（　　）、そうじを　しました。

_____ 1 たち　　2 じゅう　　3 ちゅう　　4 ごろ

(2) 「なんじに　かえりますか。」「5じ（　　）　かえります。」

_____ 1 ほど　　2 くらい　　3 ごろ　　4 あまり

(3) 「えいがは　なんじに　はじまりますか。」「5じ（　　）ですよ。」

_____ 1 まで　　2 から　　3 あまり　　4 へ

（4）「よく　あめが　ふりますね。」「そうですね。なつは　1にち
　　　（　　）　あめが　ふります。」
　　＿＿＿＿　1　まで　　2　に　　3　で　　4　じゅう

Ⅲ　問題　どの　こたえが　いちばん　いいですか。1・2・3・4
から　いちばん　いい　ものを　えらびなさい。

（1）A「えきから　がっこうまで　どれくらい　かかり　ますか。」
　　　B「（　　　　　　　　　）です。」.
　　　＿＿＿＿　1　10ぷんまで　　2　10ぷんから
　　　　　　　3　10ぷんくらい　　4　10ぷんに

（2）A「たなかさんは、もう　かえりましたか。」
　　　B「ええ、（　　　　　　　　）。」
　　　＿＿＿＿　1　もう　かえりました　　2　まだ　かえりました
　　　　　　　3　もう　かえりません　　4　まだ　かえります

（3）A「たなかさんは、まだ　きませんか。」
　　　B「いいえ、（　　　　　　　　）。あ、ほら、あそこに。」
　　　＿＿＿＿　1　もう　きませんか　　2　まだ　きましたよ
　　　　　　　3　もう　きましたよ　　4　まだ　きますか

NOTE

疑問詞

① 何（なに／（なん）

「何（なに）（なん）」代替名稱或情況不瞭解的事物。也用在詢問數字時。可譯作「什麼」。「何が」、「何を」及「何も」唸「なに」；「何だ」、「何の」及詢問數字時念「なん」；至於「何で」、「何に」、「何と」及「何か」唸「なに」或「なん」都可以。

（1）何色の シャツを 買いますか。
買什麼顏色的襯衫呢？

（2）野菜では 何が 好きですか。
你喜歡什麼蔬菜呢？

（3）これは 何ですか。
這是什麼？

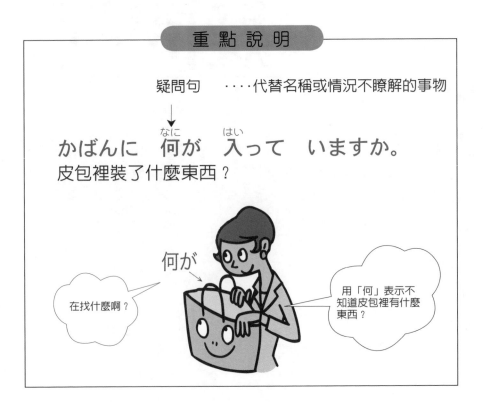

重 點 說 明

疑問句　‥‥代替名稱或情況不瞭解的事物
↓

かばんに 何が 入って いますか。
皮包裡裝了什麼東西？

何が

在找什麼啊？

用「何」表示不知道皮包裡有什麼東西？

② だれ／どなた

「だれ」不定稱是詢問人的詞。它相對於第一人稱，第二人稱和第三人稱。可譯作「誰」。「どなた」和「だれ」一樣是不定稱，但是比「だれ」說法還要客氣。可譯作「哪位…」。

(1) 部屋に 誰が 来ましたか。
房裡有誰來了？

(2) 交番に 誰が いますか。
派出所有誰在呢？

(3) 昨日 どなたが 来ましたか。
昨天是誰來了？

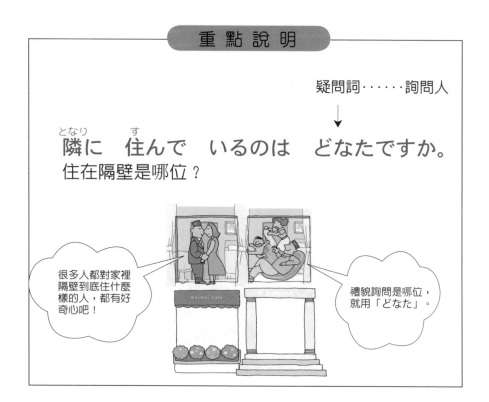

重 點 說 明

疑問詞‥‥‥詢問人
↓

隣に 住んで いるのは どなたですか。
住在隔壁是哪位？

很多人都對家裡隔壁到底住什麼樣的人，都有好奇心吧！

禮貌詢問是哪位，就用「どなた」。

3 いつ

表示不確定的時間或疑問。可譯作「何時」、「幾時」。

（1）お姉_{ねえ}さんは　いつ　結婚_{けっこん}しましたか。
你姊姊什麼時候結婚的？

（2）山_{やま}の　上_{うえ}の　雪_{ゆき}は　いつ　消_きえますか。
山上的雪什麼時候溶化？

（3）子_こどもたちは　いつ　帰_{かえ}って　来_きますか。
孩子們什麼時候回來？

重點説明

主語	疑問詞	行為等‥‥不肯定的時間或疑問
↓	↓	↓

木_きの　葉_はは　いつ　黄色_{きいろ}く　なりますか。
樹葉什麼時候會變黃？

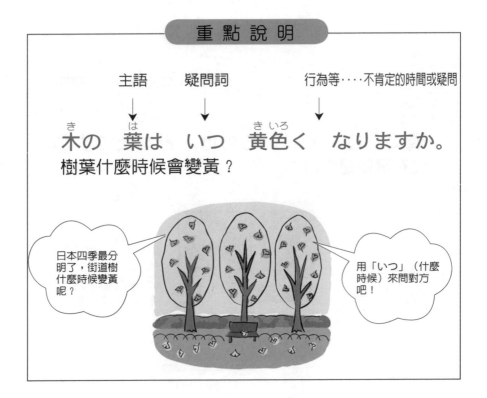

日本四季最分明了，街道樹什麼時候變黃呢？

用「いつ」（什麼時候）來問對方吧！

④ いくつ（個數）／いくつ（年齢）

表示不確定的個數，只用在問小東西的時候。可譯作「幾個」、「多少」。也可以詢問年齡。可譯作「幾歲」。

（1）全部で　いくつですか。
ぜん ぶ
全部幾個？

（2）みかんは　いくつ　ありますか。
有幾個橘子？

（3）あなたは　今年　いくつですか。
ことし
你今年貴庚？

重 點 說 明

主語　　　　　　　疑問詞‥‥‥不確定小東西或問年齡

お父さんは　いくつですか。
とう
您父親幾歲了？

想知道小明的爸爸幾歲就用「いくつ」吧！

哇！這位中年先生好酷喔！原來是小明的爸爸。

5 いくら

表示不明確的數量、程度、價格、工資、時間、距離等。可譯作「多少」。

（1）この　トマトは　いくらですか。
這蕃茄多少錢？

（2）お金（かね）は　いくら　ありますか。
有多少錢？

（3）その　スカートは　いくらでしたか。
這條裙子花多少錢買的？

重點說明

疑問詞……不明確的數量等
↓

5枚（ごまい）で　いくらですか。
五張要多少錢？

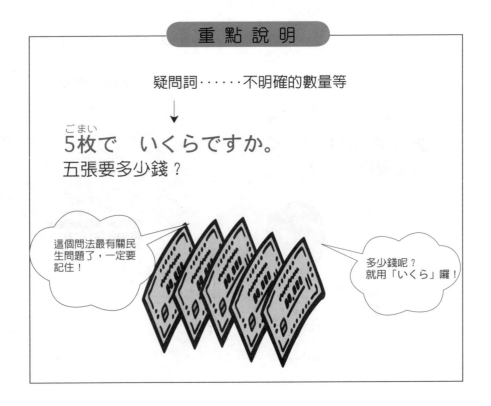

這個問法最有關民生問題了，一定要記住！

多少錢呢？就用「いくら」囉！

⑥ どう／いかが

「どう」詢問對方的想法及對方的健康狀況，還有不知道情況是如何或該怎麼做等。可譯作「如何」、「怎麼樣」。「いかが」跟「どう」一樣，只是說法更有禮貌。可譯作「如何」、「怎麼樣」。兩者也用在勸誘時。

（1）昨日の　映画は　どうですか。
昨天的電影好看嗎？

（2）この　背広は　どうですか。
這件西裝你覺得怎麼樣？

（3）コーヒーは　いかがですか。
來點咖啡好嗎？

重 點 說 明

主語　　　　　　疑問詞‥‥‥詢問想法、健康、勸誘等
　↓　　　　　　　　↓

コーヒーは　いかがですか。
來杯咖啡如何？

問對方要不要呢？用「いかが」（如何）。

由於說法有禮貌，所以常用在服務員對客人時。

1 どんな

「どんな」後接名詞，用在詢問事物的種類、內容。可譯作「什麼樣的」。

（1）どんな　町_{まち}に　住_すみたいですか。
你想住什麼樣的城鎮？

（2）どんな　時_{とき}に　眼鏡_{めがね}を　かけますか。
你什麼時候戴眼鏡？

（3）どんな　話_{はなし}を　しますか。
你說什麼呢？

重 點 說 明

疑問詞　　名詞　　　行為等‥‥‥問事物的種類等

↓　　　　↓　　　　　↓

どんな　色_{いろ}が　好_すきですか。
你喜歡什麼顏色？

名詞「色」前接「どんな」表示「什麼顏色」？

要記得喔！喜好的對象要用「が」來表示喔！

⑧ どのぐらい／どれぐらい

表示「多久」之意。但是也可以視句子的內容，翻譯成「多少、多少錢、多長、多遠」等。

（1）一日に　どのぐらい　水を　飲みますか。
你一天喝多少水？

（2）夏休みは　どのぐらい　ありますか。
暑假放幾天？

（3）公園は　どれぐらい　広かったですか。
公園有多寬大？

重 點 說 明

主語　　　疑問詞　　　　　說明等‥‥‥多久等

道は　　どれぐらい　　長いですか。
道路大約有多長？

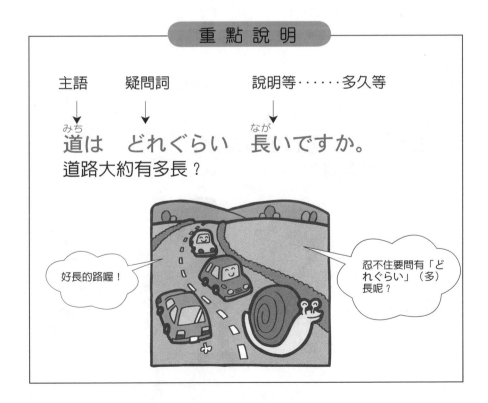

好長的路喔！

忍不住要問有「どれぐらい」（多）長呢？

---

⑨ なぜ／どうして

「なぜ」跟「どうして」一樣，都是詢問理由的疑問詞。口語常用
「なんで」。可譯作「為什麼」。

（1）なぜ 彼に 電話を しましたか。
為什麼跟他打電話？

（2）なぜ 四日も 休みましたか。
為什麼四號也休息呢？

（3）どうして 薬を 飲みましたか。
為什麼吃藥呢？

重 點 說 明

疑問詞　　　　　　行為‥‥‥詢問理由
　↓　　　　　　　　↓
どうして 遅れましたか。
你為什麼遲到？

喔！你遲到了！守時是很重要的喔！

對方可能是不得已的！問問原因吧！「どうして」（為什麼）？

⑩ なにか／だれか／どこかへ

具有不確定，沒辦法具體說清楚之意的「か」，接在疑問詞「なに」的後面，表示不定。可譯作「某些」、「什麼」；接在「だれ」的後面表示不確定是誰。可譯作「某人」；接在「どこ」的後面表示不肯定的某處，再接表示方向的「へ」。可譯作「去某地方」。

（1）ドアの 横_{よこ}に なにか あります。
門旁好像有什麼東西。

（2）ゆうべは どこかへ 行_いきましたか。
你昨晚有去哪 嗎？

（3）だれかを 呼_よんで ください。
請幫我叫人來。

重 點 說 明

疑問詞　　　　　行為等‥‥‥不定
↓　　　　　　　↓

ほかに なにか 質問_{しつもん}は ありますか。
還有什麼其他的問題嗎？

「なにか」（什麼）
表示醫生不確定會是
什麼樣的問題。

這句話常用吧！

⑪ なにも／だれも／どこへも

「も」上接「なに、だれ、どこへ」等疑問詞，下接否定語，表示全面的否定。可譯作「也（不）…」、「都（不）…」。

（1）両親は　なにも　言いません。
父母什麼都沒說。

（2）教室には　誰も　いません。
教室裡沒人。

（3）橋の　上に　だれも　いません。
橋上沒有人。

重 點 說 明

疑問詞　　　　行為（否定）……全面否定
↓　　　　　↓
今晩は　どこへも　行きません。
今天晚上哪兒都不去。

今天晚上怎麼樣呢？

「どこへも」後接否定「行きません」，知道是哪裡都不去啦！

Ｉ　問題　（　　）の　ところに　なにを　いれますか。１・２・３・４
から　いちばん　いい　ものを　１つえらびなさい。

___

(1)デパートで　（　　）を　かいましたか。
＿＿＿＿１　どこ　　２　どれ　　３　なに　　４　なんで

(2)この　レポートは　（　　）が　かきましたか。
＿＿＿＿１　どれ　　２　なに　　３　だれ　　４　どんな

(3)レポートは　（　　）できますか。もう　５がつですよ。
＿＿＿＿１　いつ　　２　なに　　３　なんで　　４　どれ

(4)「こうさんは　（　　）ごが　じょうずですか。」「そうですね、

えいごが　じょうずです。フランスごも　じょうずです。」
＿＿＿＿１　どの　　２　なに　　３　いつ　　４　どれ

(5)この　りんごは　一つ　（　　）ですか。
＿＿＿＿１　いくつ　　２　いくら　　３　いつ　　４　いま

(6)この　かいしゃの　しゃちょうは　（　　）ですか。
＿＿＿＿１　どれ　　２　なに　　３　どなた　　４　どんな

(7)「（　　）にほんごを　べんきょうしますか。」「にほんの　うたが
すきですから。」
＿＿＿＿１　なぜ　　２　いつ　　３　いつから　　４　どの

(8)すみません、　（　　）　のみものを　ください。
＿＿＿＿１　なに　　２　ある　　３　なにか　　４　あんな

(9)この　ほんと　あのほんを　かいます。ぜんぶで　（　　）ですか。
＿＿＿＿１　いつ　　２　いくら　　３　いま　　４　いくつか

(10)いもうとは　ともだちと（　　）へ　いきましたよ。
＿＿＿＿１　いつか　　２　だれか　　３　どこか　　４　どれか

(11)きょうしつには　（　　）　いません。　みんな　かえりました。
　　　1　いつも　　2　だれも　　3　なにも　　4　どれも

(12)きのうは　（　　）　うちへ　きませんでした。
　　　1　どこも　　2　だれも　　3　どれも　　4　いつも

Ⅱ　問題　どの　こたえが　いちばん　いいですか。　1・2・3・4
から　いちばん　いいものを　一つ　えらびなさい。

(1)「（　　）がっこうを　やすみましたか。」「ねつが　ありましたから。」
　　　1　いつ　　2　どこで　　3　だれが　　4　どうして

(2)「きょうしつに　（　　）　いますか。」「さとうさんと　やまだ
さんが　います。」
　　　1　いつが　　2　だれは　　3　いつが　　4　だれが

(3)「（　　　）こうえんまで　きましたか。」「バスで　きました。
ちかかったです。」
　　　1　どうして　　2　なんで　　3　なぜ　　4　だれか

Ⅲ　問題　どのこたえがいちばんいいですか。1・2・3・4からいち
ばんいいものをえらびなさい。

(1)A「デパートで、なにを　かいましたか。」
　　B「（　　　　　　　　）。」
　　　1　もう10じです　　　　2　かばんうりばです
　　　3　スカートとくつです　4　エレベーターのまえです

(2)A「えいがは、どうでしたか。」
　　B「（　　　　　　　　）。」
　　　1　ハリーポッターのえいがです　　2　10じからはじまります
　　　3　あまりおもしろくなかったです　4　とてもあたまがいいです

(３)A「にほんの　てんきは、どうですか。」
　　B「いま、（　　　　　　　　）。」
　　　　　1　おいしいです　　　2　おげんきです
　　　　　3　むずかしいです　　4　あたたかいです

(4)A「おちゃは　いかがですか。」
　　B「ありがとう　ございます。じゃ、（　　　　）。」
　　　　　1　さようなら　　2　こんにちは　　3　いただきます
　　　　　4　ごちそうさま

NOTE

4

指示詞

指示代名詞「こそあど系列」

	事物	事物	場所	方向	程度	方法	範　圍
こ	これ 這個	この 這個	ここ 這裡	こちら 這邊	こんな 這樣	こう 這麼	說話者一方
そ	それ 那個	その 那個	そこ 那裡	そちら 那邊	そんな 那樣	そう 這麼	聽話者一方
あ	あれ 那個	あの 那個	あそこ 那裡	あちら 那邊	あんな 那樣	ああ 那麼	說話者、聽話者以外的
ど	どれ 哪個	どの 哪個	どこ 哪裡	どちら 哪邊	どんな 哪樣	どう 怎麼	是哪個不確定的

　　指示代名詞就是指示位置在哪裡囉！有了指示詞，我們就知道說話現場的事物，和說話內容中的事物在什麼位置了。日語的指示詞有下面四個系列：

こ系列—指示離說話者近的事物。
そ系列—指示離聽話者近的事物。
あ系列—指示說話者、聽話者範圍以外的事物。
ど系列—指示範圍不確定的事物。

　　指說話現場的事物時，如果這一事物離說話者近的就用「こ系列」，離聽話者近的用「そ系列」，在兩者範圍外的用「あ系列」。指示範圍不確定的用「ど系列」。

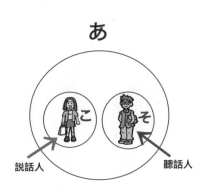

① これ／それ／あれ／どれ

> 這一組是事物指示代名詞。「これ」（這個）指離說話者近的事物。「それ」（那個）指離聽話者近的事物。「あれ」（那個）指說話者、聽話者範圍以外的事物。「どれ」（哪個）表示事物的不確定和疑問。

（1）これは お菓子です。
　　　這是糕點。

（2）これと それを ください。
　　　請給我這個和那個。

（3）あれは 新しい 建物です。
　　　那是新的建築物。

重 點 說 明

指示代名詞　　　事物等‥‥‥事物
　　↓　　　　　　　　↓
あれは 飛行機です。
那是飛機。

這是說話者。

這是聽話者

飛機在他們兩人的範圍之外，所以用「あ系列」的「あれ」（那個）。

② この／その／あの／どの

這一組是指示連體詞。連體詞跟事物指示代名詞的不同在，後面必須
接名詞。「この」（這…）指離說話者近的事物。「その」（那…）
指離聽話者近的事物。「あの」（那…）指說話者及聽話者範圍以外
的事物。「どの」（哪…）表示事物的疑問和不確定。

(1) この　家は　とても　古いです。
いえ　　　　　　ふる
這棟房子非常老舊。

(2) その　辞書を　使って　ください。
じしょ　つか
請用那本辭典。

(3) あの　人は　日本人です。
ひと　にほんじん
那個人是日本人。

重 點 說 明

指示連體詞 名詞　　　　　說明‥‥‥事物
　　↓　　　↓　　　　　　　↓
この　方は　山田先生です。
かた　やまだせんせい
這位是山田老師。

指示連體詞「この」
後面一定要接名詞
「方」（位）。

「山田老師」人靠近
說話人，所以說話人
介紹時用「こ系列」
的「この」。

③ ここ／そこ／あそこ／どこ

這一組是場所指示代名詞。「ここ」（這裡）指離說話者近的場所。「そこ」（那裡）指離聽話者近的場所。「あそこ」（那裡）指離說話者和聽話者都遠的場所。「どこ」（哪裡）表示場所的疑問和不確定。

(1) ここで　靴を　脱いで　ください。
　　請在這裡脫鞋。

(2) 新聞は　どこに　ありますか。
　　報紙放在哪裡

(3) あそこは　大変　暑いですよ。
　　那裡很熱哦！

重 點 說 明

場所指示代名詞　　　　　行為⋯⋯場所
　　　↓　　　　　　　　　　　↓
どうぞ、そこに　座って　ください。
請坐那裡。

主人想請客人坐下。而客人站在沙發旁邊。

這時候說話的主人，就要用靠近聽話的客人的「そ系列」的「そこ」（那裡）。請客人「坐那裡」了。

④ こちら／そちら／あちら／どちら

這一組是方向指示代名詞。「こちら」（這邊）指離說話者近的方向。「そちら」（那邊）指離聽話者近的方向。「あちら」（那邊）指說話者和聽話者都遠的方向。「どちら」（哪邊）表示方向的不確定和疑問。這一組也可以用來指人，「こちら」就是「這位」，下面以此類推。也可以說成「こっち、そっち、あっち、どっち」，只是前面一組說法比較有禮貌。

（1）こちらは　東です。
這邊是東邊。

（2）悪いのは　そっちですよ。
錯的是你呦！

（3）お国は　どちらですか。
您是哪一國人？

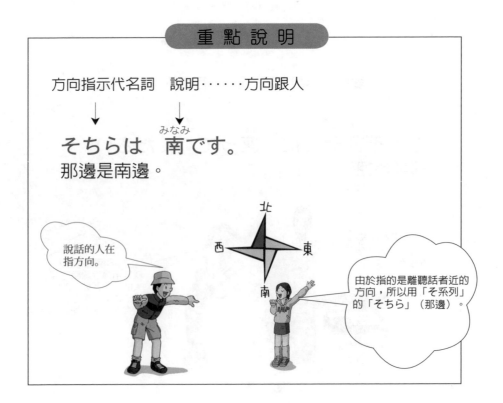

重 點 說 明

方向指示代名詞　說明……方向跟人

そちらは　南です。
那邊是南邊。

說話的人在指方向。

由於指的是離聽話者近的方向，所以用「そ系列」的「そちら」（那邊）。

だい４かい　テスト

Ｉ　問題　（　　）の　ところに　なにを　いれますか。１・２・３・４
から　いちばん　いい　ものを　１つ　えらびなさい。

---

(1)「がいこくごの　ほんは　（　　）に　ありますか。」「２かいに
　　あります。」
　　　　　　１　どれ　　２　どの　　３　だれ　　４　どこ

(2)「（　　）おおきな　ビルは　なんですか。」「ああ、あれは　ぎん
　　こうです。」
　　　　　　１　この　　２　あの　　３　その　　４　どの

(3)「（　　）ケーキが　おいしいですか。」「この　いちごの　ケーキ
　　が　おいしいですよ。」
　　　　　　１　この　　２　どの　　３　どこ　　４　いつ

(4)「かばん　うりばは　（　　）ですか。」「５かいです。」
　　　　　　１　どちら　　２　どなた　　３　こちら　　４　そちら

Ⅱ　問題　どの　こたえが　いちばん　いいですか。　１・２・３・４
から　いちばん　いい　ものを　一つ　えらびなさい

---

(1)「（　　）　おおきな　たてものは　なんですか。」「あれは　ゆう
　　びんきょくです。」
　　　　　　１　あの　　２　その　　３　この　　４　どの

(2)「その　ほんは　だれの　ですか。」「ああ、これですか。（　　）
　　は　わたしのです。」
　　　　　　１　あれ　　２　それ　　３　これ　　４　どれ

(3)「（　　　）じしょが　いいですか。」「そうですね、この　おお
きいのが　いいですよ。」

_____ 1　この　　2　あの　　3　その　　4　どの

(4)「エレベーターは　（　　　）ですか。」「こちらです。」

_____ 1　どの　　2　どれ　　3　どんな　　4　どちら

Ⅲ　問題　どの　こたえが　いちばん　いいですか。1・2・3・4
から　いちばん　いい　ものを　えらびなさい。

(1)A「たなかさんの　せきは、どこですか。」
　 B「あ、（　　　　　　　）。」

_____ 1　そうです　　2　あそこです　　3　こんなです　　4　どこです

(2)A「コーヒーとこうちゃ、（　　　　　　　　　）ですか。」
　 B「コーヒーがいいです。」

_____ 1　どこがいい　　　2　どちらがいい
　　　 3　いつがいい　　4　だれがいい

(3)A「にほんごのべんきょうは（　　　　　　）。」
　 B「むずかしいですが、おもしろいです。」

_____ 1　いつですか　　2　どこですか　　3　なぜですか　　4　どうですか

5

形容詞

❶ 形容詞（現在肯定／否定）

形容詞是說明客觀事物的性質、狀態或主觀感情、感覺的詞。形容詞的詞尾是「い」，「い」的前面是詞幹。也因為這樣形容詞又叫「い形容詞」。形容詞主要是由名詞或具有名性質的詞加「い」或「しい」構成的。例如：「赤い」（紅的）、「楽しい」（快樂的）。形容詞的否定式是將詞尾「い」轉變成「く」，然後再加上「ない」或「ありません」。後面加上「です」是敬體，是有禮貌的表現。

（1）この　荷物は　重いです。
　　　這行李很重。

（2）この　部屋は　大きいです。
　　　這房間很大。

（3）この　ビルは　新しく　ありません。
　　　這棟建築物不新。

	詞幹	詞尾	現在肯定	現在否定
青い	青	い	青い	青くない
青い	青	い	青いです	青くないです
				青くありません

重 點 說 明

　　　主語　　形容詞（現在肯定/否定）……客觀事物的感覺
　　　　↓　　　　　↓
　　この　箱は　重いです。
　這箱子很重。

這個箱子怎麼樣呢？

用形容詞「重い」（重的）來客觀說明這個箱子很重。客氣的說法，後面要接「です」。

② 形容詞（過去肯定／否定）

形容詞的過去肯定是將詞尾「い」改成「かっ」然後加上「た」。而過去否定是將現在否定式的如「青くない」中的「い」改成「かっ」然後加上「た」。形容詞的過去式，表示說明過去的客觀事物的性質、狀態，以及過去的感覺、感情。再接「です」是敬體，禮貌的說法。

（1）先週は　とても　暑かったです。
上星期非常熱。

（2）この　部屋は　大きかったです。
這房間以前很大。

（3）昨日の　映画は
もしろくなかった。
昨天的電影無趣。

	詞 幹	詞 尾	現在肯定
青い	青	い	青い
青い	青	い	青いです

現在否定	過去肯定	過去否定
青くない	青かった	青くなかった
青くないです	青かったです	青くなかったです

重 點 說 明

主語　　　　　形容詞（過去肯定/否定）……過去客觀事物的感覺等

先週は　とても　楽しかったです。
上星期很愉快。

「上星期」表示已經是過去的感覺了。

感覺怎麼樣呢？用形容詞過去式「楽しかった」表示那時候很快樂。再接「です」是禮貌的說法囉！

3 〔形容詞くて〕

形容詞詞尾「い」改成「く」，再接上「て」，表示句子還沒說完到此暫時停頓和屬性的並列（連接形容詞或形容動詞時）的意思。還有表示輕微的原因。

（1）あそこの プールは 広<ruby>広<rt>ひろ</rt></ruby>くて きれいです。
　　　那裡的游泳池又寬大又乾淨。

（2）お母さんの 手<ruby>て<rt>て</rt></ruby>は 温<ruby>温<rt>あたた</rt></ruby>かくて 優<ruby>優<rt>やさ</rt></ruby>しいです。
　　　母親的手既溫暖又溫柔。

（3）この 部屋<ruby>部屋<rt>へや</rt></ruby>は 明<ruby>明<rt>あか</rt></ruby>るくて 静<ruby>静<rt>しず</rt></ruby>かです。
　　　這個房間又明亮又安靜。

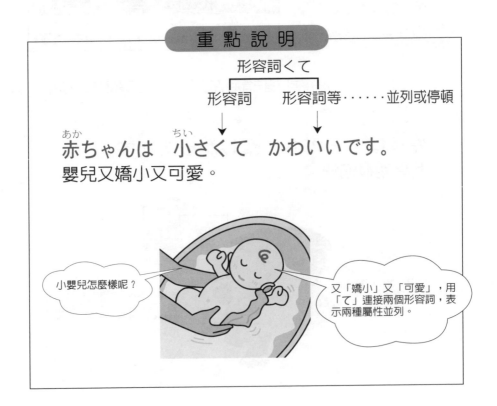

重 點 說 明

形容詞くて

形容詞　　　形容詞等‥‥‥並列或停頓

赤ちゃんは 小さくて かわいいです。
嬰兒又嬌小又可愛。

小嬰兒怎麼樣呢？

又「嬌小」又「可愛」，用「て」連接兩個形容詞，表示兩種屬性並列。

④ 〔形容詞く＋動詞〕

形容詞詞尾「い」改成「く」，可以修飾句子裡的動詞。

（1）今日は　早く　寝ます。
今天早早上床睡覺。

（2）パンを　薄く　切ります。
將麵包切成薄片。

（3）みんなで　楽しく　遊びました。
大家一起快樂地玩耍。

重 點 說 明

形容詞く

形容詞　　　　　動詞‥‥‥修飾後面的動詞

みんなで　楽しく　遊びました。
大家玩得很快樂。

大家在玩保齡球呢！好不好玩啊！

看到「楽しく」知道「玩」這個動作，是在「快樂」的心情下進行的。

⑤ 形容詞＋名詞

形容詞要修飾名詞，就是把名詞直接放在形容詞後面。要注意喔！因為日語形容詞本身就有「…的」之意，所以不要再加「の」了喔！

（1）窓から　寒い　風が　入りました。
冷風從窗戶吹進來。

（2）正しい　ものは　どれですか。
哪個是正確的？

（3）重い　荷物を　持ちました。
提了很重的行李。

重 點 說 明

形容詞

形容詞　　　名詞‥‥‥修飾後面的名詞

銀行の　隣に　高い　建物が　あります。
銀行的隔壁有一棟高大的建築物。

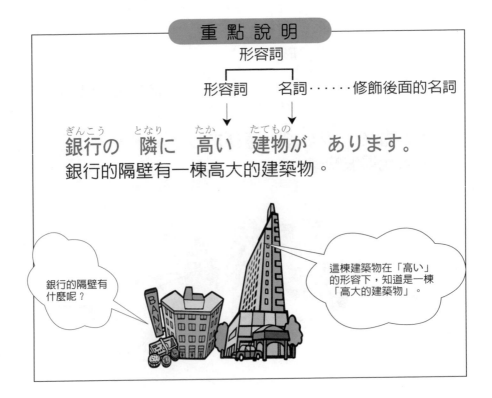

銀行的隔壁有什麼呢？

這棟建築物在「高い」的形容下，知道是一棟「高大的建築物」。

⑥ 形容詞＋の

形容詞後面接「の」，這個「の」是一個代替名詞，代替句中前面已出現過的某個名詞。而「の」一般代替的是「物」。

（1）もっと　安いのは　ありますか。
有更便宜的嗎

（2）その　赤いのを　みせて　ください。
給我看那個紅的。

（3）小さいのが　ほしいです。
我要小的。

重 點 說 明

形容詞　代替名詞　　説明等‥‥‥「の」代替句中某名詞
　↓　　　↓　　　　　↓

肉は　高い　のが　おいしいです。
肉類貴一點的比較好吃。

什麼肉好吃呢？

「高いの」中的「の」指的是「肉」。就是「貴一點的肉」啦！

精肉店

NOTE

6

形容動詞

❶ 形容動詞（現在肯定／否定）

形容動詞具有形容詞和動詞的雙重性格，它的意義和作用跟形容詞完全相同。只是形容動詞的詞尾是「だ」。還有形容動詞連接名詞時，要將詞尾「だ」變成「な」，所以又叫「な形容詞」。形容動詞的現在肯定式中的「です」，是詞尾「だ」的敬體。否定式是把詞尾「だ」變成「で」，然後中間插入「は」，最後加上「ない」或「ありません」。「ではない」後面再接「です」就成了有禮貌的敬體了。「では」的口語說法是「じゃ」。

（1）彼は　元気です。
他很有精神。

（2）彼は　有名では　ありません。
他沒有名。

（3）彼は　元気じゃ　ないです。
他沒有精神。

	詞幹	詞尾	現在肯定	現在否定
静かだ	静か	だ	静かだ	静かではない
静かです	静か	です	静かです	静かではないです
				静かではありません

重點說明

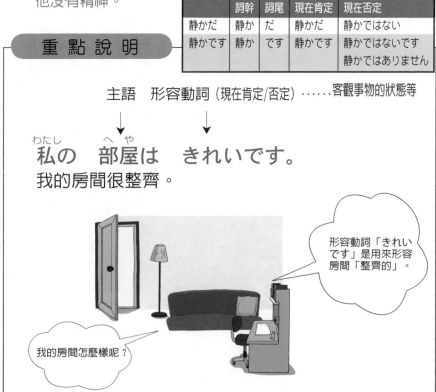

主語　形容動詞（現在肯定/否定）……客觀事物的狀態等

私の　部屋は　きれいです。
我的房間很整齊。

形容動詞「きれいです」是用來形容房間「整齊的」。

我的房間怎麼樣呢？

108

② 形容動詞（過去肯定／否定）

形容動詞的過去式，是將現在肯定的詞尾「だ」變成「だっ」然後加上「た」。敬體是將詞尾「だ」變成「でし」再加上「た」。過去否定式是將現在否定，如「静かではない」中的「い」改成「かっ」然後加上「た」。再接「です」是敬體，禮貌的說法。另外，還有將現在否定的「ではありません」後接「でした」，就是過去否定了。形容動詞的過去式，表示說明過去的客觀事物的性質、狀態，以及過去的感覺、感情。

（1）子供の　とき　野菜が　好きでした。
小時候很喜歡吃蔬菜。

（2）彼は　元気じゃ　なかったです。
他之前沒什麼精神。

（3）彼は　元気でした。
他精神很好。

	詞幹	詞尾	現在肯定
静かだ	静か	だ	静かだ
静かです	静か	です	静かです

現在否定	過去肯定	過去否定
静かではない	静かだった	静かではなかった
静かではないです	静かでした	静かではなかったです
静かではありません		静かではありませんでした

重 點 說 明

主語　　形容動詞（過去肯定/否定）‥‥‥‥過去客觀事物的狀態等

↓　　　　　↓

彼女は　元気でした。
她很有精神。

她很有精神。這時什麼時候的事呢？

看看形容動詞「元気だ」後面接「でした」，知道是過去的事了。現在的情況可能不是那麼「元気」了。

③ 〔形容動詞で＋形容詞〕

形容動詞詞尾「だ」改成「で」，表示句子還沒說完到此暫時停頓，以及屬性的並列（連接形容詞或形容動詞時）之意。還有表示輕微的原因。

（1）この　道は　便利で　新しいです。
這條道路既方便又新。

（2）あの　アパートは　きれいで　安いです。
那間公寓房子既乾淨又便宜。

（3）きれいで　冷たい　水が　飲みたい。
想喝純淨又冰涼的水。

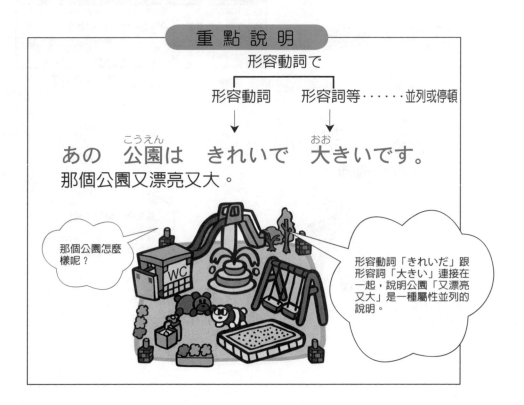

重 點 說 明

形容動詞で

形容動詞　　　形容詞等‧‧‧‧‧並列或停頓

あの　公園は　きれいで　大きいです。
那個公園又漂亮又大。

那個公園怎麼樣呢？

形容動詞「きれいだ」跟形容詞「大きい」連接在一起，說明公園「又漂亮又大」是一種屬性並列的說明。

④ 〔形容動詞に＋動詞〕

形容動詞詞尾「だ」改成「に」，可以修飾句子裡的動詞。

（1）病院では　静かに　歩いて　ください。
医院裡請安靜走路。

（2）自転車に　上手に　乗ります。
很會騎腳踏車。

（3）花が　きれいに　咲きました。
花開得很漂亮。

重　點　說　明

形容動詞に

形容動詞　　動詞等・・・・・・形容動詞修飾動詞

ギターを　上手に　弾きます。
吉他彈得很好。

有人在「彈吉他」呢！彈得怎麼樣呢？

看「彈」這個動詞前面的形容動詞怎麼形容的，「上手に」就是很好啦！

❺ 〔形容動詞な＋名詞〕

形容動詞要後接名詞，是把詞尾「だ」改成「な」，再接上名詞。
這樣就可以修飾後面的名詞了。如「元気な　子」（活繃亂跳的小
孩）、「きれいな　人」（美麗的人）。

（1）きれいな　靴ですね。
　　　鞋子好美喔！

（2）丈夫な　コートを　買いました。
　　　買了件耐穿的大衣。

（3）彼は　上手な　日本語を　話します。
　　　他說了一口流利的日語。

重　點　說　明

形容動詞な

形容動詞　　　名詞‥‥‥形容動詞修飾名詞

彼女は　上手な　英語を　話します。
她講得一口流利的英文。

女孩在跟老外說話
呢！女孩英語說得
怎麼樣呢？

這句話把形容動詞
「上手な」放在名詞
「英語」之前，知道
英語說得很流利啦！
真是羨慕！

⑤〔形容動詞な＋の〕

形容動詞後面接代替句子的某個名詞「の」時，要將詞尾「だ」變成「な」。

（1）丈夫（じょうぶ）なのが　ほしいです。
　　　我想要耐用的。

（2）私（わたし）が　下手（へた）なのは　スポーツです。
　　　我不擅長的是運動。

（3）彼女（かのじょ）が　きらいなのは　あの　人（ひと）です。
　　　她討厭的是那個人。

重 點 說 明

形容動詞　代替名詞　說明等
　↓　　　　↓　　　　↓

「この　靴（くつ）は　いかがですか。」「丈夫（じょうぶ）なのが　ほしいです。」
「這雙鞋子如何？」「我要耐穿的。」

形容動詞「丈夫な」後面的「の」是指什麼呢？

指的是「鞋子」，而且是形容動詞所形容「耐穿的」。

だい5かい　テスト

Ⅰ　問題　（　　）の　ところに　なにを　いれますか。1・2・3・4
から　いちばん　いい　ものを　一つえらびなさい。

---

(1)わたしは　おかしが　あまりすき（　　）

_____ 1　ではありません　　2　でした　　3　です　　4　くありません

(2)ここは　とても　しずか（　　）　いい　ところです。

_____ 1　に　　2　の　　3　で　　4　と

(3)へやを　もっと　（　　　）してください。

_____ 1　あかるい　　2　あかるく　　3　あかるいに　　4　あかるくに

(4)この　ほんは　たいへん　（　　）です。

_____ 1　おもしろく　　2　おもしろいで　　3　おもしろいな
4　おもしろい

(5)たなかさんは　とても　きれい（　　）やさしい　ひとです。

_____ 1　に　　2　の　　3　で　　4　と

(6)にんじんを　（　　）きって　ください。

_____ 1　おおきいに　　2　おおきく　　3　おおきに　　4　おおきいで

(7)（　　）きれいな　くつが　ほしいです。

_____ 1　あたらしいの　　2　あたらしいくて　　3　あたらしくて
4　あたらしの

(8)「どちらが　いいですか。」「じゃあ、その　（　　）をください。」

_____ 1　ちいさいいの　　2　ちいさいくの　　3　ちいさく　　4　ちいさいの

(9)きょうは　（　　）　ねて　ください。

_____ 1　はやい　　2　はやく　　3　はやいの　　4　はやいに

(10)さとうさんは　つよくて　（　　）　ひとです。

_____ 1　親切だ　　2　親切に　　3　親切の　　4　親切な

114

（１１）「このへやは　いかがですか。」「もうすこし　（　　）が
　　　　いいですね。」
_____1　ひろい　　2　ひろいの　　3　ひろいだ　　4　ひろく

（１２）たいわんの　なつは　（　　）　たいへんです。
_____1　あついの　　2　あつい　　3　あついで　　4　あつくて

（１３）「どんな　はなが　いいですか。」「あかくて　（　　）がいい
　　　　です。」
_____1　きれいの　　2　きれいなの　　3　きれいにの　　4　きれいの

（１４）てんきが　（　　）なりました。
_____1　よくに　2　いいに　3　よく　4　いい

（１５）すみません、　（　　）　みずを　ください。
_____1　さむいの　　2　さむい　　3　つめたいの　　4つめたい

Ⅱ　問題　どの　こたえが　いちばん　いいですか。　1・2・3・4から
いちばん　いいものを　一つ　えらびなさい

（１）「なにか　のみますか。」「ええ、（　　）　みずを　くださいませんか。」
_____1　さむい　　2　ひろい　　3　つめたい　　4　すずしい

（２）「あめが　よく　ふりますね。」「でも、あしたは　きっと　てんき
　　　　（　　）なりますよ。」
_____1　いい　　2　いく　　3　よい　　4　よく

（３）「この　ケーキは　どうですか。」「ええ、とても　（　　）です。」
_____1　わるい　　2　くらい　　3　おいしい　　4　あかるい

（４）「たなかさんは　どのひと　ですか。」「あの　（　　）ひとですよ。」
_____1　ハンサムい　2　ハンサムで　　3　ハンサムの　　4　ハンサムな

Ⅲ　問題　どのこたえがいちばんいいですか。1・2・3・4からいち
ばんいいものをえらびなさい。

---

(1)A「きのうの　えいがは　どうでしたか。」
　　B「（　　　　　　）。」
　　　　　1　しんせつでした　　　　2　とおかったです
　　　　　3　おもしろかったでした　4　こわかったです

(2)A「かおいろが　（　　　）。だいじょうぶですか。」
　　B「う～ん・・・。ちょっと　あたまが　いたいです。」
　　　　　1　いいですよ　2　あついですよ　　3　こいですよ
　　　　　4　わるいですよ

(3)A「わあ、きれいな　ひとですね。」
　　B「あの　ひとは　（　　　　　　　　）。」
　　　　　1　ゆうめいなモデルです　2　しんせつなマッチで
　　　　　3　おもしろいノートです　4　おおきいライターです

(4)A「あ、もう3じですよ。」
　　B「じかんが　（　　　　　）。いそぎましょう。」
　　　　　1　あります　2　ありません　3　います　4　いません

(5)A「あたらしい　へやは　どうですか。」
　　B「えきから　ちかいですが、（　　　　）。」
　　　　　1　おおきいです　2　とおいです　3　ひろいです
　　　　　4　せまいです

116

7

動詞

表示人或事物的存在、動作、行為和作用的詞叫動詞。日語動詞可以分為三大類，有：

分類		ます形	辭書形	中文
一段動詞	上一段動詞	おきます すぎます おちます います	おきる すぎる おちる いる	起來 超過 掉下 在
	下一段動詞	たべます うけます おしえます ねます	たべる うける おしえる ねる	吃 受到 教授 睡覺
五段動詞		かいます かきます はなします しります かえります はしります おわります	かう かく はなす しる かえる はしる おわる	購買 書寫 說 知道 回來 跑 結束
不規則動詞	サ變動詞	します	する	做
	カ變動詞	きます	くる	來

動詞按形態和變化規律，可以分為5種：

1.上一段動詞

　　動詞的活用詞尾，在五十音圖的「い段」上變化的叫上一段動詞。一般由有動作意義的漢字，後面加兩個平假名構成。最後一個假名為「る」。「る」前面的假名一定在「い段」上。例如：

　　　　起きる（おきる）

　　　　過ぎる（すぎる）

　　　　落ちる（おちる）

2.下一段動詞

　　動詞的活用詞尾在五十音圖的「え段」上變化的叫下一段動詞。一般由一個有動作意義的漢字，後面加兩個平假名構成。最後一個假名為「る」。「る」前面的假名一定在「え段」上。例如：

　　　　食べる（たべる）

　　　　受ける（うける）

　　　　教える（おしえる）

　　只是，也有「る」前面不夾進其他假名的。但這個漢字讀音一般也在「い段」或「え段」上。如：

　　　　居る（いる）

　　　　寝る（ねる）

　　　　見る（みる）

3.五段動詞

　　動詞的活用詞尾在五十音圖的「あ、い、う、え、お」五段上變化的叫五段動詞。一般由一個或兩個有動作意義的漢字，後面加一個（兩個）平假名構成。

（1）五段動詞的詞尾都是由「う段」假名構成。其中除去「る」以外，凡是「う、く、す、つ、ぬ、ふ、む」結尾的動詞，都是五段動詞。例如：

買う（かう）

書く（かく）

話す（はなす）

（2）「漢字＋る」的動詞一般為五段動詞。也就是漢字後面只加一個「る」，「る」跟漢字之間不夾有任何假名的，95％以上的動詞為五段動詞。例如：

売る（うる）

知る（しる）

帰る（かえる）

（3）個別的五段動詞在漢字與「る」之間又加進一個假名。但這個假名不在「い段」和「え段」上，所以，不是一段動詞，而是五段動詞。例如：

「始まる、終わる」等等。

4.サ變動詞

サ變動詞只有一個詞「する」。活用時詞尾變化都在「サ行」上，稱為サ變動詞。另有一些動作性質的名詞＋する構成的複合詞，也稱サ變動詞。例如：

結婚する（けっこんする）

勉強する（べんきょうする）

5.カ變動詞

只有一個動詞「来る」。因為詞尾變化在カ行，所以叫做カ變動詞，由「く＋る」構成。它的詞幹和詞尾不能分開，也就是「く」既是詞幹，又是詞尾。

① 動詞（現在肯定／否定）

表示人或事物的存在、動作、行為和作用的詞叫動詞。動詞的現在肯定及否定的活用如下：

（1）今日は　電車に　乗ります。
今天搭乘電車。

（2）田中さんは　7時に　起きます。
田中先生七點起床。

（3）今日は　電車に　乗りません。
今天不搭乘電車。

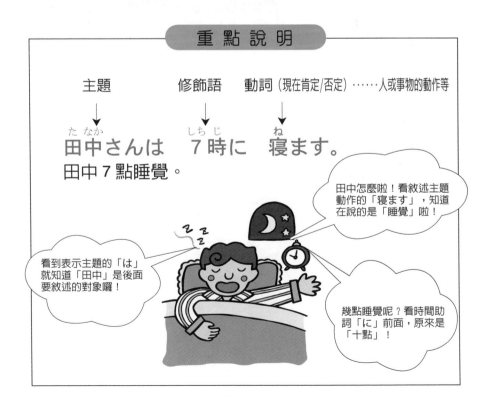

重 點 說 明

主題　　　　　修飾語　動詞（現在肯定/否定）⋯⋯人或事物的動作等

田中さんは　7時に　寝ます。
田中7點睡覺。

田中怎麼啦！看敘述主題動作的「寝ます」，知道在說的是「睡覺」啦！

看到表示主題的「は」就知道「田中」是後面要敘述的對象囉！

幾點睡覺呢？看時間助詞「に」前面，原來是「十點」！

❷ 動詞（過去肯定／否定）

動詞過去式表示人或事物過去的存在、動作、行為和作用。動詞過去的肯定和否定的活用如下：

（1）先週は　テレビを　見ました。
上星期有看電視。

（2）昨日は　勉強しました。
昨天看了書。

（3）昨日は　勉強しませんでした。
昨天沒有看書。

	肯定	否定
現在/未來	～ます	～ません
過去	～ました	～ませんでした

重 點 說 明

過去時間名詞　動詞（過去肯定/否定）……過去的行為等

↓　　　　　　↓

昨日は　勉強しました。
昨天看了書。

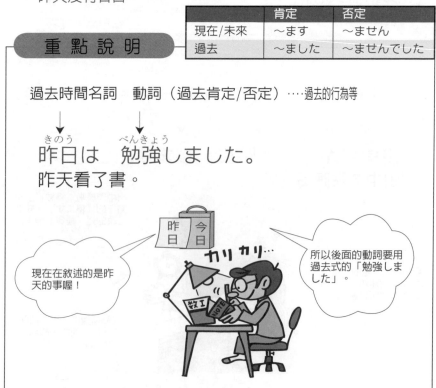

現在在敘述的是昨天的事喔！

所以後面的動詞要用過去式的「勉強しました」。

③ 動詞（普通形）

相對於「動詞ます形」，動詞普通形說法比較隨便，一般用在關係跟自己比較親近的人之間。因為辭典上的單字用的都是普通形，所以又叫辭書形。普通形怎麼來的呢？

五段動詞	拿掉動詞「ます形」的「ます」之後，最後將「い段」音節轉為「う段」音節。
一段動詞	かきます→かき→かく／ka-ki-ma-su→ka-ki→ka-ku 拿掉動詞「ます形」的「ます」之後，直接加上「る」。
不規則動詞	たべます→たべ→たべる／ta-be-ma-su→ta-be→ta-be-ru します→する　　きます→くる

（1）今日は　電車に　乗る。
今天搭乘電車。

（2）先週は　勉強した。
上星期有唸書。

重 點 說 明

主語　　　對象　　　　動詞（普通形）‥‥‥用在親近的人

↓　　　　↓　　　　　↓

朝は　新聞を　読まない。
早上不看報紙。

④ 動詞＋名詞

動詞的普通形，可以直接修飾名詞。

（1）昨日 行った 図書館は 大きかったです。
昨天去的圖書館很大間。

（2）彼の 話す 言葉は 英語です。
他說的是英語。

（3）昨日 食べた パンは おいしかった。
昨天吃的麵包真好吃。

重 點 說 明

修飾後面的名詞

動詞（普通形） 名詞‥‥‥‥修飾

あれは 大学へ 行く バスです。
那是開往大學的巴士。

看到「は」知道要說的是「那個＝公車」。

是什麼公車呢？用「大学へ 行く」（開往大學）來整個說明這輛「公車」。

⑤ 〔…が＋自動詞〕

> 動詞沒有目的語，用「…が…ます」這種形式的叫「自動詞」。「自動詞」是因為自然等等的力量，沒有人為的意圖而發生的動作。「自動詞」不需要有目的語，就可以表達一個完整的意思。相當於英語的「不及物動詞」。

（1）電気が　つきました。
電燈打開了。

（2）窓が　閉まって　います。
窗戶是關著的。

（3）火が　消えました。
火熄了。

重點說明

主語　　　　　　自動詞…沒有人為意圖發生的動作
↓　　　　　　　　↓
ドアが　開きました。
門開了。

門開了。沒看到誰打開這扇門，不是人為的所以用自動詞「開きます」。

當然「ドア」的後面要接助詞「が」囉！

125

6 〔…を＋他動詞〕

跟「自動詞」相對的，有動作的涉及對象，用「…を…ます」這種形式，名詞後面接「を」來表示動作的目的語，這樣的動詞叫「他動詞」。「他動詞」是人為的，有人抱著某個目的有意識地作某一動作。

（1）私は　電気を　つけました。
我開了燈。

（2）私は　窓を　開けました。
我開了窗戶。

（3）私は　火を　消しました。
我滅了火。

重 點 說 明

主語　　目的語（動作對象）　　他動詞···有意圖地做某動作

姉は　ドアを　開けました。
姉姉把門打開了。

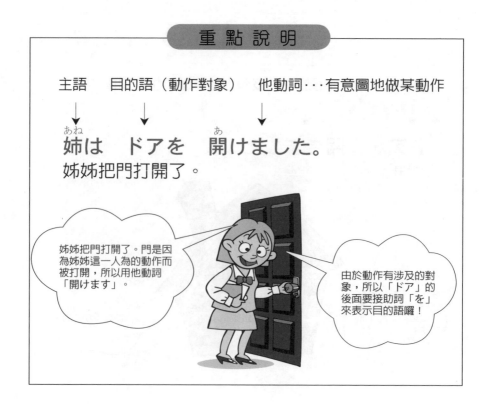

姉姉把門打開了。門是因為姉姉這一人為的動作而被打開，所以用他動詞「開けます」。

由於動作有涉及的對象，所以「ドア」的後面要接助詞「を」來表示目的語囉！

比較

| 他動詞 | 自動詞 |

糸を 切る。

剪線。

糸が 切れる。

線斷了。

火を 消す。

滅火。

火が 消える。

火熄了。

ものを 落とす。

東西扔掉。

ものが 落ちる。

東西掉了。

木を 倒す。

把樹弄倒。

木が 倒れる。

樹倒了。

タクシーを 止める。

攔下計程車。

タクシーが 止まる。

計程車停了下來。

動詞「て」形的變化如下：

	普通形	て形	普通形	て形
一段動詞	みる おきる きる	みて おきて きて	たべる あげる ねる	たべて あげて ねて
五段動詞	いう あう かう	いって あって かって	あそぶ よぶ とぶ	あそんで よんで とんで
	まつ たつ もつ	まって たって もって	のむ よむ すむ	のんで よんで すんで
	とる うる つくる	とって うって つくって	しぬ	しんで
	＊いく	いって	かく きく はたらく	かいて きいて はたらいて
	＊＊はなす かす だす	はなして かして だして	およぐ ぬぐ	およいで ぬいで
不規則動詞	する 勉強する	して 勉強して	くる	きて

說明：
1.一段動詞很簡單只要把結尾的「る」改成「て」就好了。
2.五段動詞以「う、つ、る」結尾的要發生「っ」促音便。以「む、ぶ、ぬ」結尾的要發生「ん」撥音便。以「く、ぐ」結尾的要發生「い」音便。以「す」結尾的要發生「し」音便。
3.＊例外　＊＊特別

① 〔動詞＋て〕（連接短句）

單純的連接前後短句成一個句子，表示並舉了幾個動作或狀態。

（1）太郎は　よく食べて、よく　寝ます。
太郎很會吃也很會睡。

（2）朝は　パンを　食べて、牛乳を　飲みます。
早上吃麵包，喝牛奶。

（3）試験は　10時に　始まって、12時に　終わります。
考試10點開始，12點結束。

重 點 說 明

動詞て形連接

動作短句　　　　　　動作短句‥‥並舉動作

太郎は　よく　食べて、よく　寝ます。
太郎吃得多，睡得好。

太郎怎麼樣了。

「吃得多」跟「睡得好」用「て」來連接。

8 〔動詞＋て〕（時間順序）

連接行為動作的短句時，表示這些行為動作一個接著一個，按照時間順序進行。除了最後一個動作以外，前面的動詞詞尾都要變成「て形」。

(1) 仕事が　終わって、会社を　出ます。
　　工作做完，就離開公司。

(2) 夜　本を　読んで、手紙を　書いて、寝ました。
　　晚上看書，然後寫信，最後就睡覺了。

(3) 朝　起きて、顔を　洗って、朝ごはんを　食べます。
　　早上起床、洗臉之後，就吃早餐。

重 點 說 明

動詞て形連接

動作短句　　　　　動作短句…動作按時間順序做

朝　起きて、顔を　洗って、朝ごはんを　食べます。
早上起床，洗臉，吃早餐。

花子起來囉！

起床、洗臉、吃早餐。這三個動作是一個接一個，按照動作的先後順序排列起來的。

❾〔動詞＋て〕（方法、手段）

表示行為的方法或手段。

（1）辞書を 見て、単語を 覚えます。
查辭典背單字。

（2）船に 乗って、川を 渡ります。
搭船過河。

（3）ベッドに 寝て、休みます。
躺在床上休息。

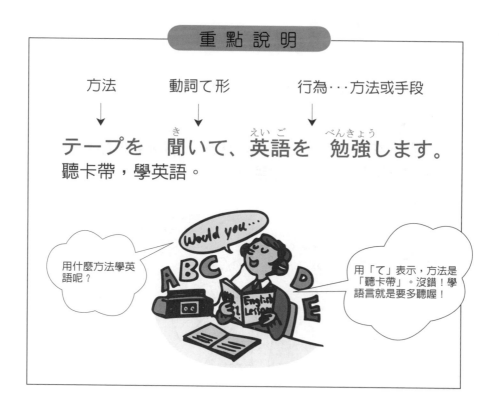

重 點 說 明

方法　　　　動詞て形　　　　行為…方法或手段
　↓　　　　　　↓　　　　　　　　↓
テープを 聞いて、英語を 勉強します。
聽卡帶，學英語。

用什麼方法學英語呢？

用「て」表示，方法是「聽卡帶」。沒錯！學語言就是要多聽喔！

⑩〔動詞＋て〕（原因）

表示原因。

（1）一日中（いちにちじゅう） 働いて（はたら）、疲れました（つか）。
工作了一整天，好累！

（2）かぜを ひいて、頭（あたま）が 痛い（いた）です。
感冒了，頭很痛！

（3）雪（ゆき）が 降って（ふ）、寒い（さむ）です。
下雪了，好冷！

重 點 說 明

原因　　　　動詞て形　　　　　　結果‥‥‥原因
↓　　　　　　↓　　　　　　　　　　↓
風邪（か ぜ）を　引いて（ひ）、学校（がっこう）を　休みました（やす）。
因為感冒了，沒去上課。

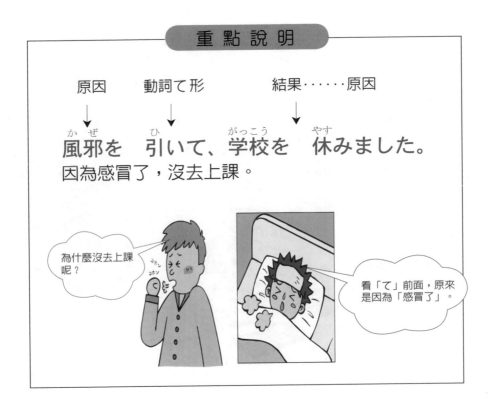

⑪〔動詞＋ています〕（動作進行中）

表示動作或事情的持續，也就是動作或事情正在進行中。我們來看看動作的三個時態。就能很明白了。

重 點 説 明

そう じ
掃除を　します。

要打掃。（表示準備打掃）

↓

そう じ
掃除を　して　います。

正在打掃。（表示打掃的動作，是從之前的某一時間開始一直持續到現在。）

↓

そう じ
掃除を　しました。

打掃過了。（表示打掃這個動作已經結束了）

（1）
あめ　　　ふ
雨が　降って　います。
正在下雨。

（2）
ちち　　たばこ　　す
父は　煙草を　吸って　います。
爸爸在抽煙。

（3）
た なか　　　　おんがく　　き
田中さんは　音楽を　聞いて　います。
田中小姐正在聽音樂。

⑫〔動詞＋ています〕 （習慣性）

「動詞+ています」跟表示頻率的「毎日、いつも、よく、時々」等單詞使用，就有習慣做同一動作的意思。

(1) 弟は　いつも　公園で　遊んで　います。
弟弟經常在公園玩耍。

(2) 田中さんは　いつも　青い　スーツを　着て　います。
田中先生經常穿藍色西裝。

(3) 毎日　電車で　会社に　行きます。
每天坐電車上班。

重 點 說 明

頻率副詞　　　　　　　動詞　做同一動作···習慣做同一動作

姉は　毎朝　牛乳を　飲んで　います。
姊姊每天喝牛奶。

雖然喝牛奶只有一次。

但因為是重複性的動作，也可以當作是有繼續性的事情。

⓭〔動詞＋ています〕（工作）

> 「動詞＋ています」接在職業名詞後面，表示現在在做什麼職業。也表示某一動作持續到現在，也就是說話的當時。

（1）父は　銀行で　働いて　います。
家父在銀行上班。

（2）兄は　自動車会社に　勤めて　います。
哥哥在汽車公司上班。

（3）私は　日本の　会社に　勤めて　います。
我在日商公司上班。

重 點 說 明

主語　　　　　　　對象　　　動詞　動作持續・・・現在做什麼職業

姉は　日本語の　先生を　して　います。
姉姉在當日文老師。

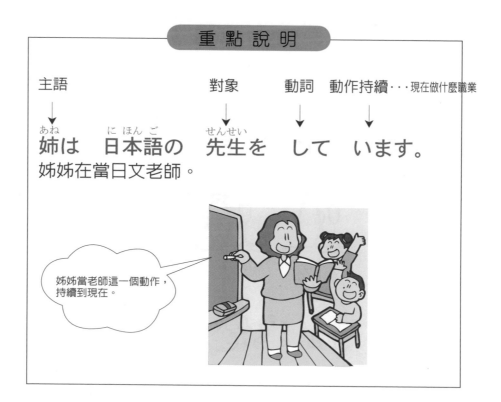

姉姉當老師這一個動作，持續到現在。

⑭ 〔動詞＋ています〕（結果或狀態的持續）

「動詞＋ています」也表示某一動作後的結果或狀態還持續到現在，也就是說話的當時。

（1）壁に 絵が 掛かって います。
かべ　え　か
牆壁上掛著畫。

（2）本が 並んで います。
ほん　なら
書排列著。

（3）彼は 2000円 持って います。
かれ　にせんえん　も
他有2000日圓。

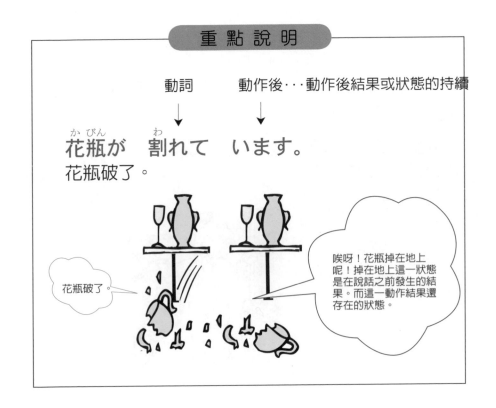

重 點 說 明

動詞　　　　動作後···動作後結果或狀態的持續
↓　　　　　↓

花瓶が 割れて います。
かびん　わ
花瓶破了。

花瓶破了。

唉呀！花瓶掉在地上呢！掉在地上這一狀態是在說話之前發生的結果。而這一動作結果還存在的狀態。

⑮〔動詞ないで〕

是「動詞ない形＋て形＋ください」的形式。表示否定的請求命令，請求對方不要做某事。可譯作「請不要⋯」。

（1）その　教室に　入らないで　ください。
きょうしつ　はい
請不要進入那間教室。

（2）電気を　つけないで　ください。
でん　き
請不要開燈。

（3）卵を　あまり　食べないで　ください。
たまご　　　　た
請不要吃太多的蛋。

動詞ない形的變化

重 點 說 明

一段動詞	拿掉動詞「ます形」的「ます」，再直接加上「ない」。
	たべます→たべ→たべない
五段動詞	拿掉動詞「ます形」的「ます」，再將詞尾轉為「あ段」音，再加上「ない」。
	あそびます→あそび→あそば→あそばない
不規則動詞	します→しない　　きます→こない

動詞否定型+て形+ください

↓　　　↓　　　↓

夜　10時過ぎに、電話 かけないで　ください。
よる　じゅうじ す　　　　でん わ
過了晚上十點，請別打電話。

晚上十點了多了。

NO!

希望對方不要打電話，就說「電話を　かけないでください」。

137

16 〔動詞ないで〕

是「動詞的ない形形＋て形」的形式。表示附帶的狀況，也就是同一個動作主體的行為「在不做…的狀態下，做…」的意思；也表示並列性的對比，也就是對比述說兩個事情，「不是…，卻是做後面的事 發生了別的事」，後面的事情大都是跟預料、期待相反的結果。可譯作「沒…反而…」。

（1）朝ごはんを 食べないで、出かけました。
　　　沒吃早餐就出門了。

（2）親が こないで、子供が きました。
　　　家長沒來，而孩子卻來了。

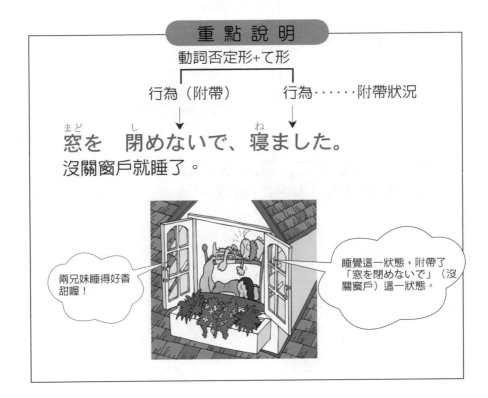

重　點　說　明

動詞否定形＋て形

行為（附帶）　　　　　行為‥‥‥附帶狀況

窓を 閉めないで、寝ました。

沒關窗戶就睡了。

兩兄妹睡得好香甜喔！

睡覺這一狀態，附帶了「窓を閉めないで」（沒關窗戶）這一狀態。

⑰ 自動詞＋…ています

表示跟目的、意圖無關的某個動作結果或狀態，還持續到現在。自動詞的語句大多以「…ています」的形式出現。

（1）ドアが　閉まって　います。
門關著。

（2）空に　星が　出て　います。
天空有星星。

（3）庭に　バラが　咲いて　います。
庭院裡玫瑰花綻放著。

重 點 說 明

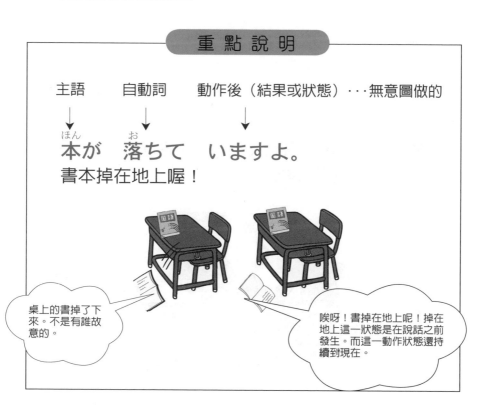

主語　　自動詞　　動作後（結果或狀態）…無意圖做的

本が　落ちて　いますよ。
書本掉在地上喔！

桌上的書掉了下來。不是有誰故意的。

唉呀！書掉在地上呢！掉在地上這一狀態是在說話之前發生。而這一動作狀態還持續到現在。

⓲〔他動詞て＋あります〕

表示抱著某個目的、有意圖地去執行，當動作結束之後，那一動作的
結果還存在的狀態。可譯作「…著」、「已…了」。他動詞的語句大
多以「…てあります」的形式出現。

（1）机に　雑誌が　おいて　あります。
桌上放著雜誌。

（2）晩御飯は　作って　あります。
晚餐做好了。

（3）切手が　貼って　あります。
有貼郵票。

重 點 說 明

主語　　　他動詞　　動作後（結果或狀態）…有意圖做的
↓　　　　↓　　　　↓
冬の　服が　出して　あります。
冬天的衣服已經拿出來了。

為了冬天要穿。

所以把冬天的衣
服拿出來。

名詞

　　表示人或事物名稱的詞。多由一個或一個以上的漢字構成。也有漢字和假名混寫的或只寫假名的。名詞在句中當做主語、受詞及定語。名詞沒有詞形變化。日語名詞語源有：

1. 日本固有的名詞

　　　水（みず）　花（はな）

　　　人（ひと）　山（やま）

2. 來自中國的詞

　　　先生（せんせい）　　教室（きょうしつ）

　　　中国（ちゅうごく）　辞典（じてん）

3. 利用漢字造的詞

　　　自転車（じてんしゃ）　映画（えいが）

　　　風呂（ふろ）　　　　　時計（とけい）

4. 外來語名詞

　　　バス（bus）　　テレビ（television）

　　　ギター（guitar）　コップ（cop）

日語名詞的構詞法有：

1. 單純名詞

　　　頭（あたま）　ノート（note）

　　　机（つくえ）　月（つき）

2. 複合名詞

　　　名詞＋名詞—花瓶（かびん）

　　　形容詞詞幹＋名詞—白色（しろいろ）

　　　動詞連用形＋名詞—飲み物（のみもの）

　　　名詞＋動詞連用形—金持ち（かねもち）

3. 派生名詞

　　　重さ（おもさ）　　　遠さ（とおさ）

　　　立派さ（りっぱさ）　白く（しろく）

4. 轉化名詞

　　　形容詞轉換成名詞—白（しろ）　　黒（くろ）

　　　動詞轉換成名詞—帰り（かえり）　始め（はじめ）

外來語

　　日語中的外來語，主要指從歐美語言中音譯過來的（習慣上不把從中國吸收的漢語看作外來語），其中多數來自英語。書寫時只能用片假名。例如：

一、來自各國的外來語

　1.來自英語的外來語

　　　バス（bus）　公共汽車

　　　テレビ（television）　電視

　2.來自其他語言的外來語

　　　パン　麵包（葡萄牙語）

　　　タバコ　香菸（西班牙語）

　　　コップ　杯子（荷蘭語）

二、外來語的分類

　1.純粹的外來語—不加以改變，按照原意使—用的外來語。例如，

　　　アイロン(iron)　熨斗

　　　アパート(apartment)　公寓

　　　カメラ(camera)　照相機

　2.日式外來語—以英語詞彙為素材，創造出來的日式外來語。這種詞彙雖貌似英語，但卻是英語所沒有的。例如，

　　　auto+bicycle→オートバイ　摩托車

　　　back+mirror→バックミラー　後照鏡

　　　salary+man→サラリーマン　上班族

　3.轉換詞性的外來語—把外來語的意義或形態部分加以改變或添加具有日語特徵成分的詞語。例如，把具有動作性質的外來語，用「外來語＋する」的方式轉變成動詞。

　　　テストする　測驗

　　　ノックする　敲門

　　　キスする　接吻

還有，把外來語加上「る」，使其成為五段動詞。

　　　メモる　做筆記

　　　サボる　怠工

　　　ミスる　弄錯

だい６かい　テスト

Ｉ　問題　（　　）の　ところに　なにを　いれますか。１・２・３・４
から　いちばん　いい　ものを　１つえらびなさい。

---

(1)あついですね。　まど（　　）　あけて　ください。

＿＿＿１　を　　２　で　　３　が　　４　に

(2)とつぜん　でんき（　　）　きえました。

＿＿＿１　を　　２　で　　３　が　　４　に

(3)あさ　（　　）、すぐ　かおを　あらいます。

＿＿＿１　おきました　２　おきて　　３　おきます　　４　おきに

(4)かちょうは　いま　でんわに（　　）。

＿＿＿１　でてあります　　２　でています　　３　でてありません

　　　４　でています

(5)テーブルの　うえに　コップが（　　）。

＿＿＿１　おいています　２　おいてあります　　３　おきます　　４　います

(6)きょうかしょを　（　　）　こたえて　ください。

＿＿＿１　みます　　２　みないで　　３　みまして　　４　みました

ＩＩ　問題　どの　こたえが　いちばん　いいですか。　１・２・３・４
から　いちばん　いいものを　一つ　えらびなさい

---

(1)「きょうかしょを　みても　いいですか。」「いいえ　だめです。

　　（　　）ください。」

＿＿＿１　みて　　２　みます　　３　みないで　　４　みず

(2)「いとうさんは　いますか。」「すみません　いま　ほかの　かいしゃに　（　　）。」

＿＿＿１　いきます　２　いっています　３　いってあります　４　いっておきます

（3）「この　たんごの　いみが　わかりません。」「じしょで　（　　　）
　　　ください。」
_____1　しらべる　　2　しらべます　　3　しらべない　　4　しらべて

（4）「よるは　なにを　しますか。」「かぞくと　ばんごはんを　（　　　）
　　　テレビを　みます。」
_____1　たべますて　　2　たべるて　　3　たべて　　4　たべに

Ⅲ　問題　どのこたえがいちばんいいですか。1・2・3・4からいち
ばんいいものをえらびなさい。

(1) A「あついですね。まどを　（　　　　　　　）。」
　　 B「あ、ありがとうございます。」
_____1　あけませんか　　2　あけましょうか　　3　しめませんか
　　　　4　しめましょうか

(2) A「くらいですね。でんきを　（　　　　　　　）。」
　　 B「はい、わかりました。」
_____1　つけません　　2　つけました　　3　つけてください
　　　　4　つけないで　しょう

(3) A「すみません、きょうかしょを　（　　　　　　　）。」
　　 B「じゃ、となりの　クラスの　ひとに　かりて　ください。」
_____1　かします　　2　あります　　3　わすれました　　4　ありません

(4) A「おんせんですか。いいですね。（　　　　　　　）。」
　　 B「かぞくと　いきました。」
_____1　どこへ　いきましたか　　2　だれと　いきましたか
　　　　3　いつ　いきましたか　　　4　どうして　いきましたか

だい7かい　テスト

Ⅰ　問題　（　　）の　ところに　なにを　いれますか。1・2・3・4
からいちばん　いい　ものを　1つ　えらびなさい。

---

(1)「この　かばんは　ちんさん（　　）ですか。」「ええ、そうです。」
　　　　1　の　　2　で　　3　に　　4　を

(2)これは　ちゅうごくごの　ほん（　　）、あれは　えいごの　ほんです。
　　　　1　の　　2　で　　3　に　　4　と

(3)あしたは　たぶん　（　　）でしょう。
　　　　1　雨の　　2　雨で　　3　雨　　4　雨と

(4)この　つくえは　せんせい（　　）です。
　　　　1　に　　2　の　　3　を　　4　と

Ⅱ　問題　どの　こたえが　いちばん　いいですか。　1・2・3・4
から　いちばん　いいものを　一つ　えらびなさい

---

(1)「この　かさは　だれ（　　）ですか。」「わたしのです。」
　　　　1　の　　2　が　　3　に　　4　で

(2)「おこさんは　いま　（　　）ですか。」「ええ、そうです。」
　　　　1　がくせいの　　2　がくせいが　　3　がくせいで　　4　がくせい

(3)「この　ほん（　　）　あの　ほんを　ください。」「はい、ありが
　　とうござ　います。」
　　　　1　や　　2　で　　3　と　　4　を

(4)「こうさんは　どこで　はたらいて　いますか。」「にほん（　　）
　　かいしゃで　はたらいて　います。」
　　　　1　で　　2　に　　3　の　　4　と

Ⅲ　問題　どの　こたえが　いちばん　いいですか。1・2・3・4か
ら　いちばん　いい　ものを　えらびなさい。

(1)A「きれいな　とけいですね。」
　　B「これは　アメリカの　とけい（　　　）、これは　スイスの
　　　とけいです。」
_____1　は　　2　が　　3　で　　4　と

(2)A「りょこうは　どうでしたか。」
　　B「おもしろく（　　　）、たのしかったです。」
_____1　と　　2　て　　3　し　　4　が

(3)A「わあ、きれいな　ひとですね。」
　　B「きっと（　　　　　　）でしょう。」
_____1　モデル　　2　モデルだ　　3　モデルの　　4　モデルと

(4)A「えきまで、なんで　きましたか。」
　　B「（　　　　　　　）きました。」
_____1　バスでした　　2　タクシーので　　3　バスで
　　　4　タクシーまで

句型

① …をください

表示想要什麼的時候，跟某人要求某事物。可譯作「我要…」、「給我…」。

（1）電話（でんわ）を　ください。
給我通電話。

（2）黒（くろ）い　シャツを　ください。
給我黑襯衫。

（3）鉛筆（えんぴつ）を　三本（さんぼん）　ください。
給我三枝鉛筆。

重 點 說 明

某物　　　　我要‥‥‥跟某人要求某物
↓　　　　　　↓

かわいい　バッグを　ください。
給我可愛的包包。

店員問你要什麼樣的皮包？

只要在「をください」前面加上自己想要的東西，就可以了。

② …てください

表示請求、指示或命令某人做某事。一般常用在老師跟學生、上司對部屬、醫生對病人等指示、命令的時候。可譯作「請…」。

（1）静かに　して　ください。
しず
請肅靜。

（2）どうぞ　入って　ください。
はい
請進。

（3）ノートを　貸して　ください。
か
請借我筆記本。

重 點 說 明

某事　　　　　　　請做……請求某人做某事

↓　　　　　　　　↓

この　薬は　一日に　三回、飲んで　ください。
くすり　いちにち　さんかい　の

這藥一天吃三次。

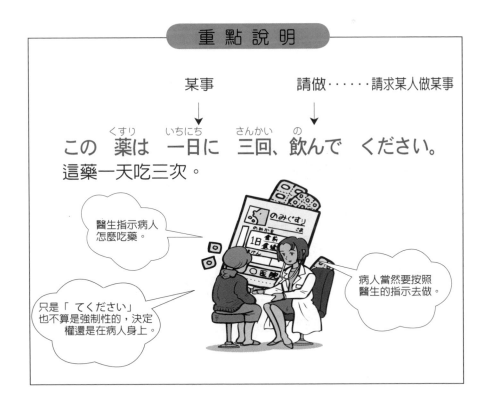

醫生指示病人
怎麼吃藥。

病人當然要按照
醫生的指示去做。

只是「てください」
也不算是強制性的，決定
權還是在病人身上。

149

③ …ないでください

表示否定的請求命令，請求對方不要做某事。可譯作「請不要…」。

（1）私の　ケーキを　食べないで　ください。
請不要吃我的蛋糕。

（2）ここで　泳がないで　ください。
請勿在此游泳。

（3）大きい　声で　話さないで　ください。
請不要大聲說話。

重 點 說 明

某事　　　　請不要做……否定的請求

あまり　塩を　入れないで　ください。
不要放太多鹽巴。

適當地攝取鹽巴，
身體才會健康。

請對方不要放
太多鹽巴。

④ 動詞てくださいませんか

跟「…てください」一樣表示請求。但是說法更有禮貌，由於請求的內容給對方負擔較大，因此有婉轉地詢問對方是否願意的語氣。可譯作「能不能請你…」。

（1）これを　貸して　くださいませんか。
能否請您借我這個？

（2）質問に　答えて　くださいませんか。
能否請回答問題？

（3）ちょっと　静かに　して　くださいませんか。
能否請您安靜一點？

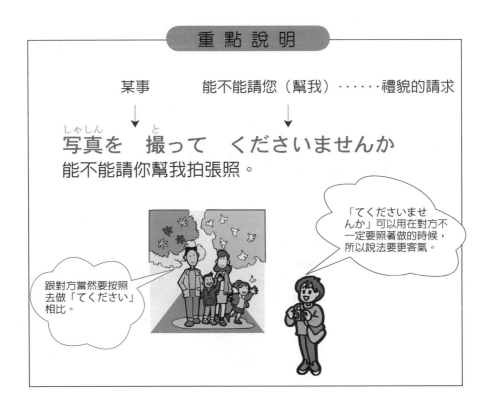

重 點 説 明

某事　　　　能不能請您（幫我）‥‥‥禮貌的請求

写真を　撮って　くださいませんか
能不能請你幫我拍張照。

跟對方當然要按照去做「てください」相比。

「てくださいませんか」可以用在對方不一定要照著做的時候，所以說法要更客氣。

5 動詞ましょう

是「動詞ます形＋ましょう」的形式。表示勸誘對方跟自己一起做某事。一般用在做那一行為、動作，事先已經規定好，或已經成為習慣的情況。也用在回答時。可譯作「做…吧」。

（1）果物を 買いに 行きましょう。
我們去買水果吧！

（2）ちょっと 休みましょう。
休息一下吧！

（3）大きな 声で 歌いましょう。
大聲唱吧！

重 點 說 明

某動作　　　　　　（一起）做吧……勸誘
↓　　　　　　　　　↓

そろそろ 出かけましょう。
差不多該出門了吧！

六點多了，唉呀「出かけましょう」該出門啦！

跟先生說好，今天晚上7點要參加婚禮的。

⑥ 動詞ませんか

是「動詞ます形＋ませんか」的形式。表示行為、動作是否要做，在尊敬對方抉擇的情況下，有禮貌地勸誘對方，跟自己一起做某事。可譯作「要不要…吧」。

（1）ケーキを　作^{つく}りませんか。
要不要做蛋糕？

（2）来月^{らいげつ}　日本^{にほん}へ　旅行^{りょこう}に　行^いきませんか。
下個月要不要去日本旅遊？

（3）海^{うみ}に　遊^{あそ}びに　行^いきませんか。
要不要去海邊玩？

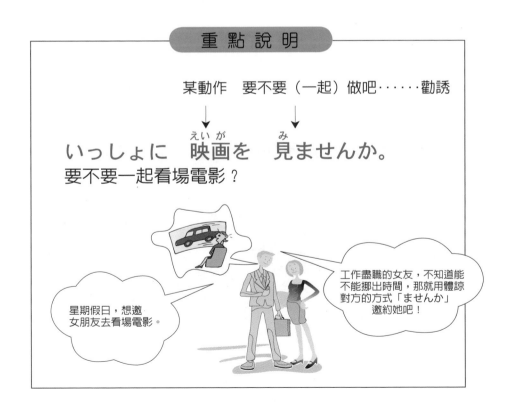

重 點 說 明

某動作　要不要（一起）做吧‥‥‥勸誘
　↓　　　　　↓

いっしょに　映画^{えいが}を　見^みませんか。
要不要一起看場電影？

星期假日，想邀女朋友去看場電影。

工作盡職的女友，不知道能不能挪出時間，那就用體諒對方的方式「ませんか」邀約她吧！

153

❶ …がほしい

是「名詞＋が＋ほしい」的形式。表示說話人（第一人稱）想要把什麼東西弄到手，想要把什麼東西變成自己的，希望得到某物的句型。「ほしい」是表示感情的形容詞。希望得到的東西，用「が」來表示。疑問句時表示聽話者的希望。可譯作「…想要…」。

（1）新しい　自転車が　ほしいです。
　　 我想要一部新腳踏車。

（2）大きな　家が　ほしいです。
　　 我想要大間房子。

（3）これが　ほしかったんです。
　　 我一直想要這個。

重 點 說 明

某物　　　　　　　　　　想要……說話人想得到
↓　　　　　　　　　　　　　↓　　　某物

テレビや　冷蔵庫などが　ほしいです。
想要電視和冰箱…等等。

看到電器用品大拍賣，是不是很心動！

想要什麼東西就用「がほしい」（想要）這個句型，「が」前面是想要的東西。

154

⑧ 動詞たい

是「動詞ます形＋たい」的形式。表示說話人（第一人稱）內心希望
某一行為能實現，或是強烈的願望。疑問句時表示聽話者的願望。
「たい」跟「ほしい」一樣也是形容詞。可譯作「…想要做…」。

（1）ハワイに　行_いきたいです。
我想去夏威夷。

（2）お風_ふ呂_ろに　入_{はい}りたいです。
我想洗澡。

（3）日_{にち}曜_{よう}日_びに　ゆっくり　休_{やす}みたいです。
我星期天想好好休息。

比較：

たい→希望某一行為能
實現。用在第一人稱。

ほしい→希望能得到某
物。用在第一人稱。

重　點　說　明

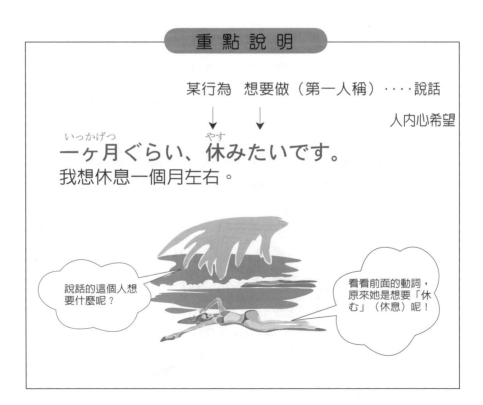

某行為　想要做（第一人稱）‥‥說話

人內心希望

一_{いっ}ヶ月_{かげつ}ぐらい、休_{やす}みたいです。
我想休息一個月左右。

說話的這個人想
要什麼呢？

看看前面的動詞，
原來她是想要「休
む」（休息）呢！

⑨ …とき

是「普通形＋とき」、「な形容詞＋な＋とき」、「形容詞＋とき」、「名詞＋の＋とき」的形式。表示與此同時並行發生其他的事情。前接動詞辭書形時，跟「するまえ」、「同時」意思一樣，表示在那個動作進行之前或同時，也同時並行其他行為或狀態；如果前面接動詞過去式，表示在過去，與此同時並行發生的其他事情或狀態。可譯作「…的時候…」。

（1）私は　日本語を　勉強するとき、いつも　辞書を　使います。
　　　我唸日語的時候，都用詞典。

（2）病気に　なったとき、薬を　飲みます。
　　　我生病時吃藥。

（3）私が　手を　上げたとき、彼も　手を　上げた。
　　　就在我舉起手的同時，他也舉起手。

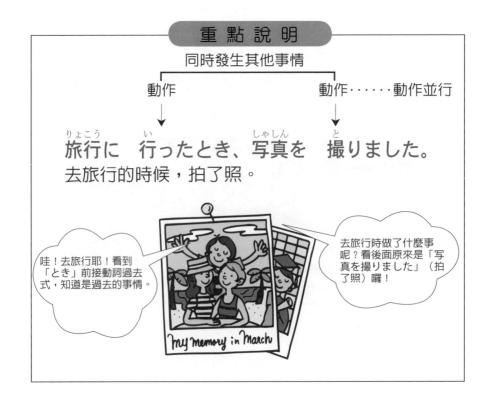

重　點　說　明

同時發生其他事情

動作　　　　　　　　　　動作‥‥‥動作並行

旅行に　行ったとき、写真を　撮りました。
去旅行的時候，拍了照。

哇！去旅行耶！看到「とき」前接動詞過去式，知道是過去的事情。

去旅行時做了什麼事呢？看後面原來是「写真を撮りました」（拍了照）囉！

my memory in March

⑩ 動詞ながら

是「動詞ます形＋ながら」的形式。表示同一主體同時進行兩個動作。這時候後面的動作是主要的動作，前面的動作伴隨的次要動作。可譯作「一邊…一邊…」。

（1）音楽を　聞きながら、本を　読みます。
我一邊聽音樂，一邊看書。

（2）食べながら、話さないで　ください。
請不要邊吃東西，邊說話。

（3）窓から　外を　見ながら、考えた。
看著窗外的景色，想事情。

重 點 說 明

同一人同時進行兩動作

次要動作　　　　　　　主動作‥‥‥動作並行

テレビを　見ながら、晩御飯を　食べます。
一邊看電視，一邊吃晚飯。

一家人團著餐桌，邊吃飯邊看電視呢！

這句話知道「一邊吃飯」是大家主要的動作，而這一動作一邊伴隨「看電視」一邊進行的。

⑪ 動詞てから

是「動詞て形＋から」的形式。結合兩個句子，表示前句的動作做完後，進行後句的動作。這個句型強調先做前項的動作。可譯作「先做…，然後再做…」。

（1）ファックスを　してから、電話_{でん わ}を　します。
先傳真，再打電話。

（2）本_{ほん}を　読_よんでから、ベッドに　入_{はい}ります。
先看書，再上床睡覺。

（3）電気_{でん き}を　消_けしてから、うちを　出_でます。
先關燈，再出門。

重 點 說 明

強調前句

先做的動作（強調）　　後做的動作……動作順序

歯_はを　磨_{みが}いてから、寝_ねなさい。
先刷牙，再去睡覺。

「睡覺」前要幹什麼呢？強調要先「刷牙」啦！

媽媽每天都要叮嚀上一句的！

158

⑫ 動詞たあとで

是「動詞た形＋あとで」、「名詞＋の＋あとで」的形式。表示前項的動作做完後，做後項的動作。是一種按照時間順序，客觀敘述事情發生經過的表現。而且前後兩項動作相隔一定的時間發生。可譯作「…以後…」。

（1）歯を　磨いたあとで、顔を　洗います。
　　　刷牙之後，洗臉。

（2）バターを　入れたあとで、塩を　入れます。
　　　放進奶油之後，再放鹽巴。

（3）これが　終わったあとで、それを　やります。
　　　這個做完之後，再做那個。

重 點 說 明

先做的動作　　　　　　　　後做的動作‥‥‥動作順序
　　↓　　　　　　　　　　　　↓
風呂に　入ったあとで、ビールを　飲みます。
洗過澡後，喝啤酒。

對許多日本人而言，洗完澡後喝杯啤酒，可是一種享受呢！

這裡客觀敘述這兩個動作的順序。

159

⑬ 動詞まえに

是「動詞辭書形＋まえに」的形式。表示動作的順序，也就是做前項動作之前，先做後項的動作。句尾的動詞即使是過去式，「まえに」的動詞也要用辭書形。可譯作「…之前，先…」；「名詞＋の＋まえに」的形式。表示空間上的前面，或是某一時間之前。可譯作「…的前面」。

（1）結婚する　前に、家を　買いました。
結婚前買了房子。

（2）寝る　前に、歯を　磨きます。
睡前刷牙。

（3）番号を　呼ぶ　前に、入らないで　ください。
叫到號碼前，請不要進來。

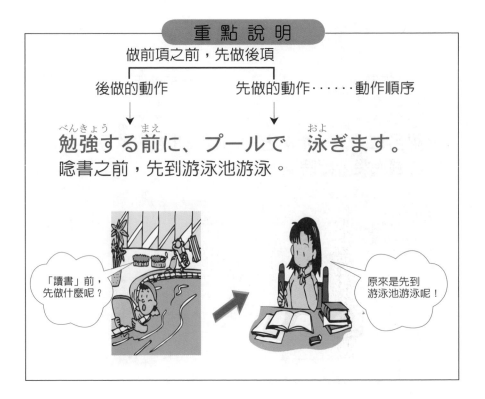

重 點 說 明

做前項之前，先做後項

後做的動作　　　　　先做的動作……動作順序

勉強する前に、プールで　泳ぎます。
唸書之前，先到游泳池游泳。

「讀書」前，先做什麼呢？

原來是先到游泳池游泳呢！

⑭ でしょう

是「動詞普通形＋でしょう」、「形容詞＋でしょう」、「名詞＋でしょう」的形式。伴隨降調，表示說話者的推測，說話者不是很確定，不像「です」那麼肯定。常跟「たぶん」一起使用。可譯作「也許…」、「可能…」、「大概…吧」。

（1）夜は 雨が 降るでしょう。
夜晚會下雨吧！

（2）彼女は 家に いるでしょう。
她可能在家吧！

（3）山田さんは もうすぐ 来るでしょう。
山田小姐可能馬上來吧！

重 點 說 明

某事　　　　　　　　大概（降調）吧…說話者的推測

↓　　　　　　　　　↓

明日の 気温は 高いでしょう。
明天氣溫很高吧！

根據氣象的一些資料、數據判斷。

明天可能氣溫很高吧！

あすの天気

⑮ 動詞たり、動詞たりします

是「動詞た形＋り＋動詞た形＋り＋する v的形式。表示動作的並列，從幾個動作之中，例舉出2、3個有代表性的，然後暗示還有其他的。這時候意思跟「や」一樣。可譯作「又是…，又是…」；還表示動作的反覆實行，說明有這種情況，又有那種情況，或是兩種對比的情況。可譯作「有時…，有時…」。

（1）箱を開けたり、閉めたりする。
盒子一下子打開，一下子蓋上。

（2）夕べは風が吹いたり、雨が降ったりしました。
昨晚又颱風，又下雨的。

（3）日曜日は買い物をしたり、映画を見たりして、楽しかったです。
星期天又是買東西，又是看電影，
真是快樂。

比較：

…たり…たりする→
動作不是同時發生，
只表示各種動作。

ながら→兩個動作同時做。

重 點 說 明

動作的並列

動作1 　　　　動作2

‥‥‥暗示還有其他動作

日曜日は、本を　読んだり、音楽を　聞いたりして　います。

星期日看看書，聽聽音樂。

星期假日都做些什麼消遣呢？

用「たり…たりする」暗示還有其他的動作，譬如「看電視」之類的。

⑯ 形容詞く＋なります

表示事物的變化。同樣可以看做一對的還有自動詞「なります」和他動詞「します」。它們的差別在，「なります」的變化不是人為有意圖性的，是在無意識中物體本身產生的自然變化；「します」表示人為的有意圖性的施加作用，而產生變化。形容詞後面接「なります」，要把詞尾的「い」變成「く」。

（1）水が　汚く　なりました。
水變髒了。

（2）風が　強く　なりました。
風變強了。

（3）夕方は　涼しく　なりました。
傍晚變涼快了。

重 點 說 明

改變的人或物　　形容詞　　　　自動詞‥‥‥事物自然的變化

顔が　　　　赤く　　　　なりました。
臉變紅了。

因為喝太多酒了。

人的身體在自然的情況下，就會變紅。所以用「なります」。

163

17 形容動詞に＋なります

表示事物的變化。如上一單元說的，「なります」的變化不是人為有意圖性的，是在無意識中物體本身產生的自然變化。形容詞後面接「なります」，要把語尾的「だ」變成「に」。

（1）この 町が 便利に なりました。
這城鎮變方便了。

（2）隣の 人が 静かに なりました。
隔壁的人變安靜了。

（3）体が 丈夫に なった。
身體硬朗起來了。

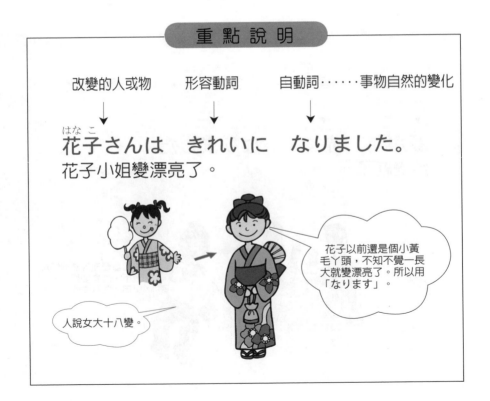

重 點 說 明

改變的人或物　　形容動詞　　自動詞‧‧‧‧‧‧事物自然的變化
　↓　　　　　　　↓　　　　　　↓
花子さんは きれいに なりました。
花子小姐變漂亮了。

花子以前還是個小黃毛丫頭，不知不覺一長大就變漂亮了。所以用「なります」。

人說女大十八變。

⑱ 名詞に＋なります

表示事物的變化。如前面所說的，「なります」的變化不是人為有意圖性的，是在無意識中物體本身產生的自然變化。名詞後面接「なります」，要先接「に」再加上「なります」。

（1）彼は　医者に　なりました。
かれ　　いしゃ
　　　他成了醫生。

（2）そこは、冬は　零度に　なります。
　　　　　　ふゆ　れいど
　　　那裡的冬天氣溫是零度。

（3）田中さんは　ことし　二十歳に　なりました。
たなか　　　　　　　　はたち
　　　田中先生今年二十歲了。

重 點 說 明

改變的人或物　　名詞　　　　自動詞‥‥‥事物自然的變化
　　↓　　　　　　↓　　　　　　↓
彼女は　病気に　なりました。
かのじょ　びょうき
她生病了。

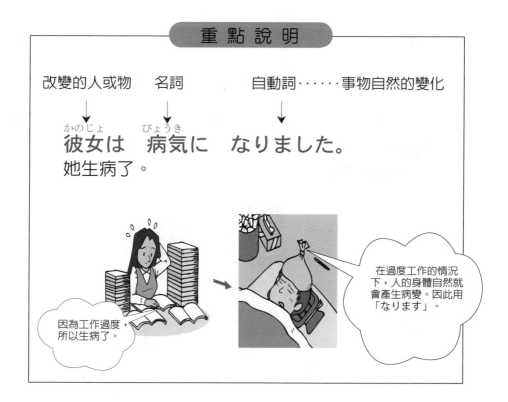

因為工作過度，所以生病了。

在過度工作的情況下，人的身體自然就會產生病變。因此用「なります」。

⑲ 形容詞く＋します

表示事物的變化。跟「なります」比較，「なります」的變化不是人為有意圖性的，是在無意識中物體本身產生的自然變化；而「します」是表示人為的有意圖性的施加作用，而產生變化。形容詞後面接「します」，要把詞尾的「い」變成「く」。

（1）机の　角を　丸く　しました。
把桌角修圓。

（2）部屋を　明るく　しました。
把房間弄亮。

（3）ズボンを　短く　しました。
把褲子改短。

重 點 說 明

被改變的人或物　　形容詞　　他動詞……有意圖的使其變化

↓　　　　↓　　　↓

髪の　毛を　短く　しました。
將頭髮剪短了。

夏天快到了，一頭長髮就是感到熱。沒關係剪個俏麗的短髮不就好了。

頭髮由長變短，這是人為的有意圖性的，所以用「します」。

㉟ 形容動詞に＋します

表示事物的變化。如前一單元所說的，「します」是表示人為的有意圖性的施加作用，而產生變化。形容動詞後面接「します」，要把詞尾的「だ」變成「に」。

（1）部屋を　きれいに　しました。
把房間打掃乾淨了。

（2）この　町を　便利に　しました。
使這個城鎮變得方便。

（3）彼女を　有名に　しました。
讓她成名。

重　點　說　明

被改變的人或物　　　形容動詞　　　他動詞‥‥‥有意圖的使其變化
　　　↓　　　　　　　↓　　　　　　↓
花子を　有名に　しました。
把花子變成名人。

美貌又多才多藝的花子，讓經紀人看上了。

經過經紀公司的精心安排，花子成了名人。

花子成為名人，是人為有意圖地去改變的，所以用「します」。

㉑ 名詞に＋します

表示事物的變化。再練習一次「します」是表示人為的有意圖性的施加作用，而產生變化。名詞後面接「します」，要先接「に」再接「します」。

（1）机を　本棚に　しました。
　　　把桌子改成書架。

（2）子供を　医者に　しました。
　　　讓小孩成為醫生。

（3）花子を　彼女に　しました。
　　　把花子變成女朋友。

重 點 說 明

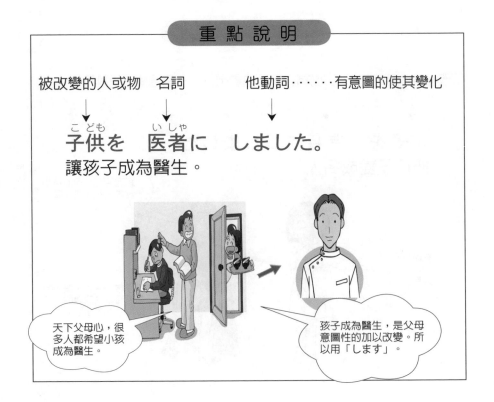

被改變的人或物　名詞　　　　他動詞……有意圖的使其變化

　　　　　↓　　　　↓　　　　　↓
子供を　医者に　しました。
讓孩子成為醫生。

天下父母心，很多人都希望小孩成為醫生。

孩子成為醫生，是父母意圖性的加以改變。所以用「します」。

168

㉒ もう＋肯定

和動詞句一起使用，表示行為、事情到了某個時間已經完了。用在疑問句的時候，表示詢問完或沒完。可譯作「已經…了」。

（1）宿題は　もう　出しました。
家庭作業已交出去了。

（2）店は　もう　閉まりました。
商店已經關門了。

（3）お風呂は　もう　入りました。
已經洗完澡了。

重 點 說 明

已經　　　　動詞句（肯定）……某行為到某時間已完成

↓　　　　　↓

もう　ストーブを　つけました。
已經點起爐火了。

「點起爐火」是動詞句。

看到「もう」知道「點起爐火」這個動作已經完成了。

㉓ もう＋否定

「否定」後接否定的表達方式，表示不能繼續某種狀態了。一般多用於感情方面達到相當程度。可譯作「已經不…了」。

（1）コーヒーは　もう　ありません。
已經沒有咖啡了。

（2）私は　もう　子供では　ありません。
我已經不是小孩子了。

（3）彼女は　もう　ここには　いません。
她已經不在這裡了。

重 點 說 明

已經　　　動詞句（否定）……不能繼續某狀態了
↓　　　　↓
もう　食べたく　ありません。
我已經吃不下了。

哇！吃得肚子這麼圓！

看到「もう」後接否定的方式，知道這已經達到極限了，沒辦法再吃了。

㉔ まだ＋肯定

表示同樣的狀態，從過去到現在一直持續著。可譯作「還…」。也表示還留有某些時間或東西。可譯作「還有…」。

（1）この 本は まだ 読んで います。
我還在看這本書。

（2）牛乳は まだ あります。
還有牛奶。

（3）空は まだ 明るいです。
天色還亮。

重 點 說 明

還　　動詞句（肯定）……同狀態一直持續著
　↓　　　　↓
木村さんは まだ 向こうに います。
木村先生還在對面。

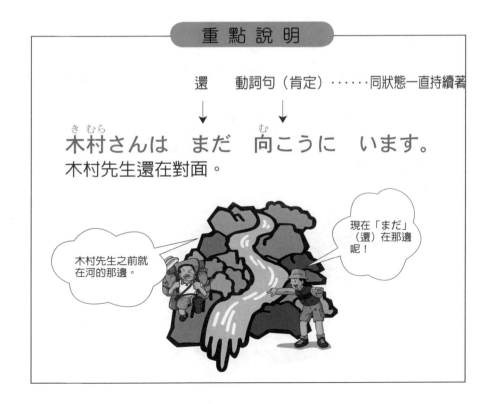

木村先生之前就在河的那邊。

現在「まだ」（還）在那邊呢！

㉕ まだ＋否定

表示預定的事情或狀態，到現在都還沒進行，或沒有完成。可譯作
「還（沒有）…」。

（1）まだ、なにも 飲んで いません。
什麼飲料都還沒喝。

（2）片仮名は まだ 覚えて いません。
還沒記住片假名。

（3）まだ 車を 買って いません。
我還沒買車。

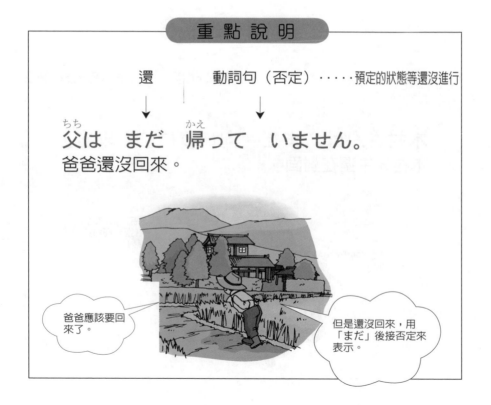

重 點 說 明

還　　　　　動詞句（否定）‥‥‥預定的狀態等還沒進行

父は まだ 帰って いません。
爸爸還沒回來。

爸爸應該要回來了。

但是還沒回來，用「まだ」後接否定來表示。

26 〔…という名詞〕

表示說明後面這個事物、人或場所的名字。一般是說話人或聽話人一方，或者雙方都不熟悉的事物。可譯作「叫做…」。

(1) これは　なんという　花ですか。
　　這叫什麼花？

(2) あちらは　小林さんという　方です。
　　那位先生叫小林。

(3) 大学の　先生という　仕事は　大変です。
　　大學老師的工作，是很辛苦的。

```
重 點 說 明
```

主語　　　　　事物　　　叫做　　　　名稱‥‥前者說明後者的名稱
　↓　　　　　　↓　　　　　↓　　　　　　↓

これは　　「ひまわり」という　絵です。
這幅畫叫：「向日葵」。

這是什麼「畫」呢？解說員介紹給參觀者。

這幅畫叫「向日葵」。

㉗ つもり

（1）夏休みに　アルバイトを　する　つもりです。
暑假我打算去打工。

（2）お正月に　実家に　帰らない　つもりです。
過年我打算不回老家。

（3）来年、日本に　留学する　つもりです。
明年我打算到日本留學。

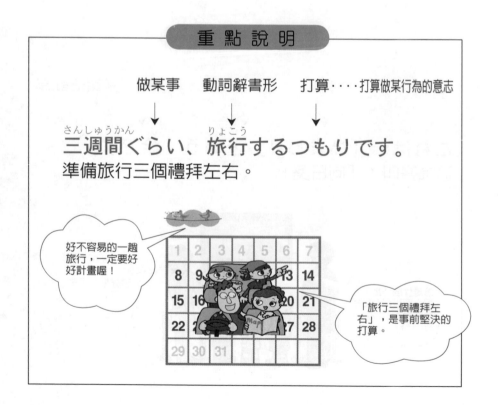

重 點 說 明

做某事　　動詞辭書形　　打算‥‥打算做某行為的意志

三週間ぐらい、旅行するつもりです。
準備旅行三個禮拜左右。

好不容易的一趟旅行，一定要好好計畫喔！

「旅行三個禮拜左右」，是事前堅決的打算。

㉘ …をもらいます

表示從某人那裡得到某物。「を」前面是得到的東西。給的人一般用「から」或「に」表示。可譯作「取得」、「要」、「得到」。

（1）私は　父から　自転車を　もらいました。
父親給我這輛自行車。

（2）友達から　チョコレートを　もらいました。
朋友送我巧克力。

（3）彼から　お花を　もらった。
他送我花。

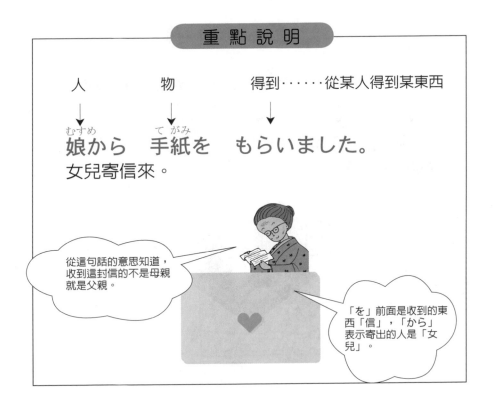

重　點　說　明

人　　　　　物　　　　　得到……從某人得到某東西
↓　　　　　↓　　　　　↓
娘から　手紙を　もらいました。
女兒寄信來。

從這句話的意思知道，收到這封信的不是母親就是父親。

「を」前面是收到的東西「信」，「から」表示寄出的人是「女兒」。

㉙ …に…があります／います

表示某處存在某物或人。也就是無生命事物，及有生命的人或動物的存在場所，用「（場所）に（物）があります（人）がいます」。表示事物存在的動詞有「あります・います」，無生命的自己無法動的用「あります」；「います」用在有生命的，自己可以動作的人或動物。可譯作「某處有某物或人」。

（1）机に　カメラが　あります。
桌上有照相機。

（2）図書館に　新聞が　あります。
圖書館裡有報紙。

（3）部屋に　猫が　います。
房間裡有隻貓。

重 點 說 明

場所　　　人或物　　存在動詞‥‥‥某處存在某人或物
　↓　　　　↓　　　　　↓
台所に　母が　います。
媽媽在廚房。

存在的廚房用「に」表示。

「媽媽」是有生命物體，所以用「います」。

⑳ …は…にあります／います

表示某物或人，存在某場所用「（物）は（場所）にあります／（人）は（場所）にいます」。可譯作「某物或人在某處」。

（1）カメラは　机に　ありますか。
相機有在桌上嗎？

（2）猫は　部屋に　います。
貓在房間裡。

（3）母は　台所に　います。
媽媽在廚房。

重 點 說 明

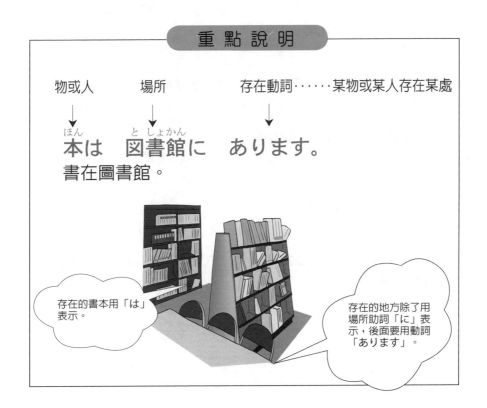

物或人　　　　場所　　　　　　存在動詞……某物或某人存在某處

本は　図書館に　あります。
書在圖書館。

存在的書本用「は」表示。

存在的地方除了用場所助詞「に」表示，後面要用動詞「あります」。

だい8かい　テスト

Ⅰ　問題（　　）の　ところに　なにを　いれますか。1・2・3・4
から　いちばん　いい　ものを　1つ　えらびなさい。

(1)えんぴつで　かかない（　　）ください。
　　　　1　に　　2　で　　3　を　　4　と

(2)ちょっと　ノートを　みせ（　　）ください。
　　　　1　に　　2　て　　3　を　　4　と

(3)「あした、えいがに　いきませんか。」「いいですね。じゃあ、
　　3じに　えきで　あい（　　）。」
　　　　1　ません　　2　ました　　3　ます　　4　ましょう

(4)「あ、もう　6じですね。（　　）か。」「そうですね。
　　じゃあ、また　あした。」
　　　　1　帰りました　　2　帰りましょう　　3　帰りませんでした　　4　帰った

(5)えきへ　（　　）ですが、バスが　ありません。
　　　　1　いきます　　2　いきほしい　　3　いきたい　　4　いきましょう

(6)すみません、じしょを　かして（　　）。
　　　　1　くれました　　2　くださいません　　3　くださいませんか
　　　　4　くださいました

(7)すみません、　コーヒー（　　）　ください。
　　　　1　に　　2　で　　3　を　　4　と

(8)にほんごの　うたを　うたい（　　）です。　おしえて　ください
　　ませんか。
　　　　1　ます　　2　たい　　3　ほしい　　4　て

(9)にほんごは　むずかしいです（　　）、　おもしろいです。
　　　　1　し　　2　と　　3　が　　4　で

(10)ばんごはんを　たべた（　　）、おふろに　はいりました。

　　　　1　まえに　　2　あとで　　3　ながら　　4　て

(11)（　　）とき、つめたい　コーヒーを　のみます。

　　　　1　あつい　　2　あついの　　3　あついだ　　4　あつかった

(12)（　　）ながら　たべてはいけません。

　　　　1　あるいて　　2　あるきました　　3　あるきます　　4あるき

(13)いつも　てを（　　）から、しょくじを　します。

　　　　1　あらう　　2　あらって　　3　あらった　　4　あらいます

(14)しゅくだいを　（　　）あとで、てがみを　かきます。

　　　　1　した　2　する　　3　して　　4　しない

(15)あのひとは　たぶん（　　）でしょう。

　　　　1　先生　　2　先生だ　　3　先生です　　4　先生で

(16)てんきが　（　　）なりました。

　　　　1　いいに　　2　よくに　　3　よく　　4　いい

(17)「（　　）しゅくだいを　しましたか。」「いいえ、まだです。」

　　　　1　まだ　　2　いつも　　3　なんの　　4　もう

(18)ねつが　あったから、くすりを　（　　）、はやく　ねました。

　　　　1　のみました　　2　のんで　　3　のみます　　4　のみましたから

(19)「もう　かえりましょうか。」「（　　）　はやいですよ。もう
　　すこし　　あそびましょう。」

　　　　1　まだ　　2　もう　　3　いつ　　4　なんで

(20)「たなかさんは　どこですか。」「（　　）　いえに　かえりまし
　　たよ。」

　　　　1　もう　　2　いつも　　3　そう　　4　まだ

(21)きのう　かぜを（　　）、がっこうを　やすみました。

　　　　1　ひきました　　2　ひいた　　3　ひいて　　4　ひきます

(22)あめが　やんで、そらが　（　　）なりました。

　　　　1　あかるい　2　あかるいく　　3　あかるくて　　4　あかるく

II 問題 どの こたえが いちばん いいですか。 1・2・3・4 から いちばん いいものを 一つ えらびなさい

(1)「きょうは なにを しますか。」「しゅくだいを （ ） あとで テレビ をみます。」
_____ 1 する 2 して 3 した 4 すんで

(2)「しゅくだいは （ ） おわりましたか。」「いいえ まだです。」
_____ 1 まだ 2 もう 3 あとで 4 までに

(3)「ねつが あります。」「じゃあ、くすりを （ ） はやく ねてください。」
_____ 1 のみて 2 のみます 3 のみました 4 のんで

III 問題 どの こたえが いちばん いいですか。1・2・3・4 から いちばん いい ものを えらびなさい。

(1)A「よる、そとへ いって いいですか。」
　 B「あぶないですから、（ ）。」
_____ 1 いって ください 2 いかないで ください
　　 3 いきましょう 4 いかないでしょう

(2)A「あついですね。」
　 B「じゃ（ ）。」
_____ 1 クーラーを つけましょう 2 クーラーを あけましょう
　　 3 クーラーを とめましょう 4 クーラーを しめましょう

(3)A「コーヒーが のみたいですね。」
　 B「そうですね。じゃ、しごとが おわった （ ）、きっさてんへ いきましょう。」
_____ 1 あとで 2 まえで 3 あとへ 4 まえに

9

副詞

說明用言（動詞、形容詞、形容動詞）的狀態和程度，屬於獨立詞而沒有活用，主要用來修飾用言的詞叫副詞。

1. 副詞的構成有很多種。這裡著重舉出下列五種：

（1）一般由兩個或兩個以上的平假名構成。

ゆっくり ／ 慢慢地

とても ／ 非常

よく ／ 好好地，仔細地

ちょっと ／ 稍微

（2）由漢字和假名構成

未だ（まだ）／ 尚未

先ず（まず）／ 首先

既に（すでに）／ 已經

（3）由漢字重疊構成

色色（いろいろ）／ 各種各樣

青青（あおあお）／ 綠油油地

広広（ひろびろ）／ 廣闊地

（4）形容詞的連用形構成副詞

厚い→厚く 　　赤い→赤く

白い→白く 　　面白い→面白く

（5）形容動詞的連用形「に」構成副詞

静か→静かに ／ 安靜地

綺麗→綺麗に ／ 整潔地

2. 以內容分類有：

（1）表示時間、變化、結束

まだ ／ 還

もう ／ 已經

すぐに ／ 馬上，立刻

だんだん ／ 漸漸地

（2）表示程度

あまり…ない ／ 不怎麼…
すこし ／ 一點兒
たいへん ／ 非常
ちょっと ／ 一些
とても ／ 非常
ほんとうに ／ 真的
もっと ／ 更加
よく ／ 很，非常

（3）表示推測、判斷

たぶん ／ 大概
もちろん ／ 當然

（4）表示數量

おおぜい ／ 許多
すこし ／ 一點兒
ぜんぶ ／ 全部
たくさん ／ 很多
ちょっと ／ 一點兒

（5）表示次數、頻繁度

いつも ／ 經常，總是
たいてい ／ 大多，大抵
ときどき ／ 偶而
はじめて ／ 第一次
また ／ 又，還
もう一度 ／ 再一次
よく ／ 時常

（6）表示狀態

ちょうど ／ 剛好
まっすぐ ／ 直直地
ゆっくり ／ 慢慢地

① あまり…ない

「あまり」下接否定的形式，表示程度不特別高，數量不特別多。在口語中加強語氣說成「あんまり」。可譯作「（不）很」、「（不）怎樣」、「沒多少」。

（1）今日は　あまり　寒く　なかったです。
今天不怎麼冷。

（2）犬は　あまり　好きでは　ありません。
我不怎麼喜歡狗。

（3）日本の　映画は　あまり　見ません。
我不怎麼看日本電影。

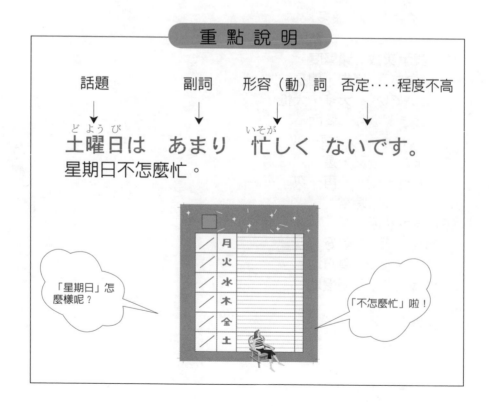

重 點 說 明

話題　　　　副詞　　形容（動）詞　否定‥‥程度不高

土曜日は　あまり　忙しく　ないです。
星期日不怎麼忙。

「星期日」怎麼樣呢？

「不怎麼忙」啦！

10

接續詞

接續詞介於前後句子或詞語之間，起承先啓後的作用。接續詞按功能可分類如下：

1. 把兩件事物用邏輯關係連接起來的接續詞。

（一）表示順態發展。根據對方說的話，再說出自己的想法或心情。或用在某事物的開始或結束，以及與人分別的時候。如：

それでは 那麼

例：「この　くつ、ちょっと　大^{おお}きいですね。」

「それでは　こちらは　いかがでしょうか。」

「這雙鞋子，有點大耶！」「那麼，這雙您覺得如何？」

それでは、さようなら。

那麼，再見！

（二）表示轉折關係。表示後面的事態，跟前面的事態是相反的。或提出與對方相反的意見。如：

しかし 但是

例：時間^{じかん}は　あります。しかし　お金^{かね}が　ない。

我有時間，但是沒有錢。

（三）表示讓步條件。用在句首，表示跟前面的敘述內容，相反的事情持續著。比較口語化，比「しかし」說法更隨便。如：

でも 不過

例：たくさん　食^たべました。でも　すぐ　お腹^{なか}が

すきました。

吃了很多，不過肚子馬上又餓了。

2. 分別敘述兩件以上事物時使用的接續詞

（一）表示動作順序。連接前後兩件事情，表示事情按照時間

順序發生。如：

そして 接著、それから 然後

例：食事^{しょくじ}を　して、そして歯^はを　磨^{みが}きます。

用了餐，接著刷牙。

昨日^{きのう}は　映画^{えいが}を　見^みました。それから　食事^{しょくじ}を

しました。

昨天看了電影，然後吃了飯。

（二）表示並列。用在列舉事物，再加上某事物。如：

そして 還有、それから 還有

例：彼女は　頭が良いです。｛そして／それから｝

かわいいです。

她很聰明，也很可愛。

NOTE

解答

解 答

だい1かい　テスト

問題I

(1) 2　が
(2) 4　に
(3) 2　に
(4) 2　で
(5) 2　で
(6) 2　で
(7) 4　で
(8) 3　と
(9) 3　と
(10) 4　に
(11) 1　まで
(12) 2　は
(13) 4　しか
(14) 2　しか
(15) 2　は
(16) 2　も
(17) 3　と
(18) 2　が
(19) 1　ぐらい

問題II

(1) 3　で
(2) 2　や
(3) 2　ね
(4) 3　も
(5) 3　と

問題III

(1) 2
(2) 3
(3) 1
(4) 4
(5) 2

だい2かい　テスト

問題I

(1) 2　じゅう
(2) 1　ごろ
(3) 3　じゅう
(4) 2　たち
(6) 2　ごろ

問題II

(1) 2　じゅう
(2) 3　ごろ (3) 2　から
(4) 4　じゅう

問題III

(1) 3
(3) 1
(5) 3

だい3かい　テスト

問題I

(1) 3　なに
(2) 3　だれ
(3) 1　いつ
(4) 2　なに
(5) 2　いくら
(6) 3　どなた
(7) 1　なぜ
(8) 3　なにか
(9) 2　いくら
(10) 3　どこか
(11) 2　だれも
(12) 2　だれも

問題II

(1) 4　どうして
(2) 4　だれが
(3) 2　なんで

問題III

(1) 3
(2) 3
(3) 4
(4) 3

だい4かい　テスト

問題I

(1) 4　どこ
(2) 2　あの
(3) 2　どの
(4) 1　どちら

問題II

(1) 1　あの
(2) 3　これ
(3) 4　どの
(4) 4　どちら

問題III

(1) 2
(2) 2
(3) 4

だい5かい　テスト

問題I

(1) 1　ではありません
(2) 3　で
(3) 2　あかるく
(4) 4　おもしろい
(5) 3　で
(6) 2　おおきく
(7) 3　あたらしくて
(8) 4　ちいさいの
(9) 2　はやく
(10) 4　しんせつな
(11) 2　ひろいの
(12) 4　あつくて
(13) 2　きれいなの
(14) 3　よく
(15) 4　つめたい

問題II

(1) 3　つめたい
(2) 4　よく
(3) 3　おいしい
(4) 4　ハンサムな

問題III

(1) 4
(2) 4
(3) 1
(4) 2
(5) 4

だい6かい　テスト

問題I

（1）1　を
（2）3　が
（3）2　おきて
（4）4　でています
（5）2　おいてあります
（6）2　みないで

問題II

（1）3　みないで
（2）2　いっています
（3）4　しらべて
（4）3　たべて

問題III

（1）2
（2）3
（3）3
（4）2

だい7かい　テスト
問題I

（1）1　の
（2）2　で
（3）3　あめ
（4）2　の

問題II

（1）1　の
（2）4　がくせい
（3）3　と
（4）3　の

問題III

（1）3
（2）2
（3）1
（4）3

だい8かい　テスト

問題I

（1）2　で

（2）2　で
（3）2　て
（4）4　ましょう
（5）2　かえりましょう
（6）3　いきたい
（7）3　くださいませんか
（8）3　を
（9）2　たい
（10）3　が
（11）2　あとで
（12）1　あつい
（13）4　あるき
（14）2　あらって
（15）1　した
（16）1　先生
（17）3　よく
（18）4　もう
（19）2　のんで
（20）1　まだ
（21）1　もう
（22）3　ひいて
（23）4　あかるく

問題II

（1）3　した
（2）2　もう
（3）4　のんで

問題III

（1）2
（2）1
（3）1

Go日語 13
365天常用的 日語文法135（20K+MP3）

2016年1月　初版一刷

發行人 ●	林德勝
著者 ●	西村惠子・山田玲奈
出版發行 ●	山田社文化事業有限公司
	臺北市大安區安和路一段112巷17號7樓
	電話　02-2755-7622
	傳真　02-2700-1887
郵政劃撥 ●	19867160號　　大原文化事業有限公司
網路購書 ●	日語英語學習網　http://www.daybooks.com.tw
總經銷 ●	聯合發行股份有限公司
	新北市新店區寶橋路235巷6弄6號2樓
	電話　02-2917-8022
	傳真　02-2915-6275
印刷 ●	上鎰數位科技印刷有限公司
法律顧問 ●	林長振法律事務所　林長振律師
書＋MP3 ●	**定價　新台幣320元**

© Shan Tian She Culture Co., Ltd. 2016
ISBN　978-986-246-172-3